님포매니악
씨몽키 연구

님포매니악
씨몽키 연구

이민혜

손차양북스
SON CHA YANG BOOKS

목차

1부

—

2부

—

3부

—

1부

틀뢴에서

이별의 괴로움을 이겨내는 데에 보르헤스의 소설만큼 효과적인 것은 없다. 상대방과 헤어진 이유를 도무지 납득할 수 없어 괴롭다면 보르헤스의 소설을 읽어보시기를 추천한다. 고통은 더 큰 고통으로 대체될 때 비로소 해결된다는 사실을 명심하자. 여하간 보르헤스의 수많은 소설 중에서도「틀뢴, 우크바르, 오르비스 테르티우스」[1] 만큼 이별의 후유증에 특화된 소설은 없는 것 같다. 이 소설을 반복해서 읽기 전까지 나는 거의 한 달간 숙면을 취한 적이 없었다. K가 등장하는 꿈을 하루도 빠짐없이 꾸었기 때문인데, 꿈에서 K는 대개 무릎

---

1 호르헤 루이스 보르헤스,『픽션들』, 송병선 역, 민음사, 2011, 11-39쪽.

을 꿇고 양 손바닥을 빌며 내게 미안하다는 말을 반복했다. 내가 잠자코 그 광경을 바라보고 있으면 K는 돌연 당장 눈앞에서 사라지라며 내게 소리를 질렀고, 간혹 내 멱살을 잡고 흔들기까지 했다. 일주일에 이틀 정도는 반대로 내가 K의 뺨을 때리고 목을 졸랐다. 덕분에 나는 새벽마다 온 얼굴이 눈물로 범벅된 채 소리를 지르며 일어나야 했고, 한참을 울다 지쳐 다시 잠에 빠지기를 되풀이했다.

낮 동안에도 크게 다를 것은 없었다. 바닥에 누워있든 의자에 앉아 있든, 시도 때도 없이 눈물이 났다. 하루는 치과에서 스케일링을 받던 도중 눈물이 터져 치석을 제거해 주던 간호사를 당황하게 했다. 그날 내 눈물샘은 눈치가 없었고, 급기야 간호사는 환자의 눈물까지 닦아 가며 일을 끝맺어야 했다. 그 주가 끝날 무렵 정신과 주치의는 수면제와 항우울제 복용량을 늘려주었다. 덕분에 우는 횟수가 조금 줄어들었는데, 이제는 수시로 머리가 뜨거워지고 자주 위장에 탈이 나 하루의 대부분을 토할 것 같은 느낌과 함께 했다. 특히 방 안 곳곳에 널브러진 K와 관련된 물건을 볼 때마다 속이 더부룩해지는 것을 느낄 수 있었다. 웬만하면 물건들을 보이지 않는 곳에 치우거나 쓰레기장에 내다 버리려 했으나 그일이 얼마나 버겁고 괜한 일로 느껴지던지. 어쩔 수 없이 나는 집에 잘 들어가지 않음으로써 주의를 딴 데로 돌리기 시작했다.

저녁이 되면 어플에서 만난 사람들과 술을 마시며 하루를 마무리했다. 낮에도 그다지 제정신은 아니었지만 해가 지면 감정이 훨씬 과격해졌고, 이러다 홧김에 K에게 연락해 제발 다시 만나달라고 애원하게 될 것 같았다. 그런 이유로 나는 거금을 주고 데이팅 어플을 구독했다. 새로운 사람과 이야기를 나누고 몸을 섞는 일은 잠시나마 K를 덜 생각할 수 있도록 도와주었다. 부작용이 있었다면 다음날 사람들과 헤어져 혼자 집으로 돌아가는 길엔 설명할 수 없는 허탈감과 자괴감에 휩싸여 K가 마지막으로 내게 던졌던 문장을 곱씹었다는 거다. 결국 나는 보르헤스의 소설을 틈이 날 때마다 강박적으로 읽어 내려갈 수밖에 없었다. 석 달이 지난 지금까지도 소설을 놓지 못한 것은 전부 그의 소설이 적잖이 해괴하기에 가능한 일이었다. 그에 대해 매우 감사하게 생각한다. K를 향한 집착을 보르헤스의 소설로 돌리며 어느 정도 안정을 되찾기 시작했다. 하지만 마치 담배를 끊기 위해 금연 껌에 중독된 사람 같기도 해서 이제는 이 글을 씀으로써 보르헤스와도 조금은 거리를 둘 수 있으면 한다.

소설 「틀뢴, 우크바르, 오르비스 테르티우스」는 소설집 『픽션들』에 실린 단편으로, 보르헤스가 우크바르라는 가상의 국가 속 한 지역인 틀뢴에 관해 기록한 내용이다. 그는 『브리태니커 사전』의 해적판인 『영미 백과사전』 46권 마지막 네 페이지에서 처음으로 틀뢴 지역에 관한 정보를 얻는다. 하지만 거기엔 우크바르라는 국가의 특징, 예컨대 지형과 국경에 관한 설명과 유명한 인물, 13세기 종교적 박해로 인해 정교회 신자들이 그곳을 피난처로 삼았다는 이야기 정도만 언급되어 있었고 틀뢴 지역에 관한 구체적인 내용은 없었다. 보르헤스는 이 정보들이 전반적으로 모호하다고 느껴 우크바르를 세상에 존재하지 않는 거짓 국가라 생각하고 만다. 그러나 이 년 후인 1937년, 부친의 친구였던 허버트 애시가 동맥 파열로 죽기 전 우편 등기로 받은 책 한

권을 우연히 발견한다. 보르헤스는 책을 살펴보다 현기증을 느낄 만큼 놀라게 되는데, 다름 아니라 그 책이 바로 틀뢴에 관한 체계적인 정보가 수록된 백과사전, 즉『틀뢴 제1 백과사전 11권 — Hlaer에서 Jangr까지』, 다른 말로『오르비스 테르티우스』였기 때문이다.

　　보르헤스가 백과사전을 통해 발견한 틀뢴의 특징을 설명하자면 다음과 같다. 우선 틀뢴이란 세계는 관념적이다. "그들의 언어와 언어로부터 파생된 것들(종교, 문학, 형이상학)은 관념론을 전제로 하고 있다. 틀뢴 사람들에게 세상이란 공간 속에 물체들이 뒤섞인 것이 아니다. 그들에게 세상은 독립적인 행위들로 이루어진 이질적인 연속물이다. 그것은 연속적이고 시간적이지만 공간적이지는 않다." 다시 말해 틀뢴은 관념에서만 존재하는 형이상학적인 세계이며 공간이 없기에 실존과 존재가 분리되어 있다.[2] 또한 오늘날 틀뢴의 언어에는 명사가 없고 비인칭동사들만 존재한다. 예를 들어 남

2　김재민, 「보르헤스의 환상 문학: 작품속에 나타난 환상 소설의 특징을 중심으로」, 『중남미연구』 제19권 제1호, 한국외국어대학교 중남미연구소, 2000, 209-219쪽.

반구의 언어에는 '달'이라는 명사는 없지만 '달(이)뜨다' 혹은 '달비추다'라는 동사는 있다. 북반구의 언어에는 동사가 아니라 단음절 형용사가 중요하다. 이곳에서는 '달'이라고 말하는 대신 '어두운-둥그런 위의 대기의-밝은', 혹은 '주황빛의-부드러운 하늘의'와 같이 일련의 형용사들로 달을 지칭한다. 틀뢴의 세계는 고정적인 존재를 부정해 위성인 '달'조차도 일종의 우연한 현상으로 인식할 뿐이다.

나아가 틀뢴의 어느 학파는 시간을 부정하기도 한다. "현재란 확실하지 않고 일정하지 않으며, 미래는 현재의 희망과 같은 것을 제외하고는 실체가 없고, 과거는 실체가 없는 현재의 기억과 같은 것 같다고 주장하는 것이다." 또 다른 학파는 이미 '모든 시간'이 지나갔다고 단정하며 우리의 삶은 돌이킬 수 없는 과정에 대한 어스레한 기억 혹은 반영인 데다 그것은 의심할 여지없이 왜곡되고 훼손되었다고 판단한다. 또 다른 학파는 우주의 역사란 악마와 소통하려고 애를 쓰는 하급 신의 필치라고 공언하기까지 한다. 보르헤스는 틀뢴의 기하학에 대한 흥미로운 발견도 언급하고 있다. 틀뢴의 기하학은 평행선의 개념이 없다. 평행성 개념이 없는 기하학이라니! 게다가 틀뢴 사람들은 수를 세는 행위가 양을 변화시키고 부정수를 정수로 바꾼다고 주장한다. 내가 가장 흥미롭다고 생각한 것은 틀뢴의 문학에 관한 정보였는데 그것은 틀뢴에는 저자명이 명시된 책이 없고 표절이라는 개념도 존재하지 않는다는 사실이었다. "그것은 모든 작품들이 단 한 작가의 작품이며, 그 작가는 영원하고 익명이라는 생각이 확립되어 있기 때문이다."(29) 그리고 소설은 틀뢴의 사물 흐뢴과 흐뢰니르에 관한 설명을 마지막으로 7년 뒤 보르헤스가 작성한 소설의 후기로 넘어가 버린다.

나는 이 후기 부분이야말로 소설의 가장 중요한 부분이라 생각한다. 초반엔 틀뢴이 17세기 초, 한 비밀 조직으로부터 만들어진 가상의 행성이었다는 허무한 사실이 언급되어 있다. 각 분야의 대가와 그들의 제자가 모여 하나의 가상 국가를 만들겠다는 목적으로 틀뢴 작업을 시작했고, 200년이 지난 후 미국의 백만장자 에즈라 버클리로부터 후원을 받아 국가가 아닌 행성을 만들기로 계획의 방향을 바꾼다. 그렇게 몇 세대에 걸쳐 만들어진 가상의 행성, 틀뢴에 관한 체계적인 백과사전은 1914년이 되어서야 비로소 완성된다. 그런데 약 30년 후 보르헤스는 이 허구에 불과한 틀뢴의 세계가 현실의 세계와 접촉한 증거를 우연히 발견하게 되는 믿을 수 없는 사건을 경험한다. 그는 틀뢴의 한 알파벳이 눈금판에 새겨진 나침반과 틀뢴의 몇몇 종교에서 모시는 신의 모양으로 된 원추를 목격한 것이다.

결국 소설을 다 읽고 나면 틀뢴이란 세계가 '진짜'인지 '가짜'인지는 전혀 중요하지 않게 되고, 다만 내가 틀뢴이란 세계에 완전히 매료되었다는 사실만이 남는다. 나는 틀뢴에 관한 정보를 읽으면 읽을수록 점점 틀뢴이란 세계를 끊임없이 상상하고 그 세계에 방문한 내 모습을 그려보게 되었다. 보르헤스의 말처럼 1930년대 후반에는 마르크시즘이나 나치즘 등 질서라는 외형만 갖추었다면 어떤 체계나 대칭도 인류를 매료시킬 수 있었다. 유물론과 나치즘이 현실이냐 허구이냐는 중요하지 않다. 분명한 것은 그것이 우리의 현실을 만들어냈다는 것이다. 그러니 나 역시 보르헤스의 의견에 동의한다. "어떻게 질서 정연한 행성이라는 세밀하고 방대한 증거 앞에 굴복하지 않을 수 있겠는가?"(38) 보르헤스는 틀뢴의 엄밀함은 천사들의 엄밀함이 아니라 체스 대가들의 엄밀함이라는 말을 덧붙인다. 세계의 모든 것을 도식화할 수 있는 질서만 있다면 현실은 늘 비현실마저 현실로 받아들일 준비가 되어 있다. 현실은 논리로 굴러가지 않기 때문이다.

보르헤스는 글의 끝에서 백 년 후면 누군가가 틀뢴 제2 백과사전 100권을 발견할 것이라 장담한다. 그때가 되면 "세계는 틀뢴이 될 것이다." 세계가 틀뢴이 된다는 건 무슨 의미일까? 적어도 내겐 더 이상 아쉬워하지 않아도 된다는 말로 들린다. K와 블라디보스토크에서 모스크바까지 기차 여행을 떠나기로 했던 약속, 나와 함께 고비 사막에 누워 별을 보고 싶다던 K의 소망이나 우리가 미쳐있던 80년대 홍콩 영화 속 장소들을 방문하기 위해 밤새 세웠던 계획을 말이다. K와 이런저런 이야기를 나누며 별것도 아닌 일로 상을 받는 것 같았던 기분을 다시는 느낄 수 없다 해도 섭섭할 필요가 전혀 없다. 나는 이제 세계가 틀뢴이 될 순간을 앞두고도 초연한 보르헤스처럼 K와 헤어진 사실에 별로 괘념치 않고, 아주 견고하고 막강한 이야기에 언제든 매료될 위험을 감수하며 일상을 살아가야만 한다. 그 외엔 달리 방도가 없다는 사실을 이제는 안다. (2023.07.21.)

눈-사람의 리좀

막연한 감정이나 생각에 적확한 단어와 문장을 찾아 줄 때 느끼는 묘한 해방감이 나를 글쓰기로 이끌었다. 공상에 빠져 현실을 잊을 때마다, 글쓰기가 나를 다시 현실로 데려와 주었다. 터무니없는 상상이 글이라는 현실이 되자 다시금 일상을 감각할 수 있게 되는 거다. 아무래도 글쓰기 덕에 덜 미칠 수 있었던 게 아닐까? 하지만 지난겨울 나는 한 자도 쓰지 않고 몇 달을 보냈다. 세상에 적확한 표현이라는 게 과연 존재하기나 할지, 내가 명료한 글을 쓴다 한들 그것이 과연 좋은 일인지, 나 혼자 방 안에 틀어박혀 글을 쓰는 행위가 그저 자기 반복에 불과한 것은 아닌지와 같은 물음이 악몽처럼 찾아왔고, 결국엔 그런 질문들을 피하고자 한동안 글쓰기를 그만두었다. 그 가운데 우연히 그림을 그리기 시작했다. 나는 글보다는 그림이 훨씬 우월하다고 생각할 정도로 그림 그리기에 심취해 갔다.

그림에 관해서라면 글쓰기와 달리 마음대로 해도 되었다. 물론 그림 전체의 균형과 조화를 중요시하는 화가도 많겠지만 적어도 내게 그림은 글이 요구하는 최소한의 논리마저 무시해도 괜찮다는 느낌을 받았다. 나는 마음이 가는 대로 또 손이 가는 대로 종이의 공간을 채웠다. 하루는 손바닥만 한 원을 그린 후 그 안을 쌀알보다 작은 원으로 가득 채웠고, 하루는 땅에서 현관문과 사랑니 그리고 엽서가 자라는 행성을 그렸다. 담배를 피우며 핫초코를 홀짝이는 토끼와, 우주복을 입고 행성과 행성 사이를 떠도는 고양이도 그렸다. 여러 개의 꽃을 그려 넣고 그것을 말도 안 되게 많은 줄기로 이어 붙인 날도 있었다. 꽃이 가득 핀 피자를 그리기도 했다. 그리고 수십 개의 사람 '눈'을 그렸다. 가장 먼저 그린 '눈' 그림은 머리 부분이 '눈'인 사람 형상이었다. 나는 편한 대로 이들을 '눈사람'이라 불렀다.

눈사람을 그리기 시작한 건 우발적이었지만 나는 그들을 꽤 꾸준히 그렸다. 초기에 그린 눈사람은 트램펄린과 그네, 시소를 타거나 훌라후프를 돌리고 있다. 뒤이어 화산 꼭대기에서 만세를 하거나 바다에 빠지는 눈사람을 그렸다. 명상하고, 꿈꾸고, 상상하고, 결혼하고, 개를 산책시키는 눈사람도 그렸다. 휠체어를 타고 계단을 내려가는 듯한 눈사람과, 눈 모양의 플레이트를 끼워 넣은 역기를 들고 엘리베이터를 타는 눈사람, 그리고 진짜 눈사람과 손을 맞잡은 눈사람을 그렸다. 나는 점점 온갖 곳에 눈을 그려 넣었다. 느닷없이 페이지 한 면을 눈알로 가득 채우거나 이파리 위에 눈을 붙였다. 깨진 달걀에서 노른자 대신 동공이 나오는 그림을 그렸다. 내가 그린 집에는 창문 대신 눈이 달려 있고, 크리스마스트리 꼭대기엔 별 대신 눈이 달려 있다. 그리고 종종 이들 옆에 물방울을 그려 넣었다. 그것은 때로 눈물로 보이기도 했고, 빗물로 보이기도, 때론 핏방울 같기도 했다.

해가 바뀌고 한여름이 된 지금까지도 이런 그림을 계속 그린다. 그간 내 그림을 본 친구들은 '이게 다 무슨 뜻이냐'라든가, '왜 계속 눈을 그리는 거냐'라 물었다. 분명 이유가 있었을 테지만 쉽게 설명할 수 없었다. 조금 짜증이 났던 것도 같다. 굳이 설명하지 않아도 되는 점이 그림의 장점인데, 친구들의 질문은 가끔 파티 분위기를 망치는 눈치 없는 불청객처럼 느껴졌다. 하지만 나 역시 궁금해지기 시작했다. 코나 입, 귀 혹은 발가락를 그릴 수도 있었는데 왜 하필이면 눈을 그리고 있는 걸까? 이 질문에 답을 얻을 수 없다는 사실을 잘 알면서도 궁금증은 끝없이 자라났고, 그렇게 나는 조금씩 다시 글을 쓰기 시작했다. 글을 쓰다 보면 무언가 분명해질 것 같았다.

처음에는 내가 인간의 오감 중 유독 시각을 통한 행위, 즉 '보는' 행위에 관심이 많기 때문에 이런 그림을 그린다고 생각했다. 모든 사람에게 해당하는 정보는 아니지만, 인체의 감각 수용체 중 칠십 퍼센트가 눈에 있기에 시각은 가장 위상이 높은 감각이다. 그로 인해 시각을 통한 정보 습득 역시 월등히 많은 편이다. 그러다 보니 인식의 측면에서 우리는 종종 아는 것과 보는 것을 구별하지 않는 것 같다. 영어 문장 'I see'와 'I know' 혹은 'I understand'가 혼용되는 모습에서 알 수 있듯 시각은 인식의 영역과 크게 맞닿아 있고, 무언가를 안다는 것은 내가 본 적이 있다는 것과 크게 다르지 않을 때가 많다. 무언가를 실제로 보면 그것이 실존한다는 것을 곧바로 믿을 수 있다. 그리고 직접 본 그 행위가 내 믿음의 정당성을 보장해 준다. 그런 이유로 시각은 오랫동안 인류의 지식을 뒷받침해 주는 객관적인 수단이 되어오기도 했다.

하지만 인간은 보고 싶은 것만 보는 존재이기도 하다. 물론 이 말에 동의할 수 없는 사람도 있을 것이다. '어떻게 보고 싶은 것만 봐? 일단 눈을 뜨고 있기만 하면 눈앞에 있는 건 어쩔 수 없이 모두 보게 되잖아!' 하지만 이건 거짓이다. 우리는 눈앞에 있는 모든 것을 볼 수 없다. 모든 것을 본다는 말도 애초에 모호하다. 단순히 내 시야에 들어왔다는 뜻일까? 얼마나 많은 것을 정확하게 기억하느냐의 문제일까? 그렇다면 착시와 같은 현상은 어떻게 설명할 수 있지? 착시 현상이 일어나는 대표적인 그림인 오리-토끼 그림은 우리의 시각이 사실은 관점에 따라 시각 정보를 다르게 받아들인다는 사실을 알려준다. 우리가 '어떻게' 보느냐에 따라 토끼처럼 보이기도 하고 오리처럼 보이기도 하기 때문이다. 이 그림을 보는 우리의 혼란스러운 시각 경험은 시각이라는 감각이 꽤 주관적임을 드러낸다.

더불어 우리의 시야가 가려지면 더욱 신기한 경험을 하게 된다. 어릴 적 머리를 감을 때 샴푸가 눈에 들어가는 것을 피하고자 눈을 감으면, 갑자기 귀신이 나를 쳐다보고 있는 것 같은 두려움을 느끼곤 했다. 잠에 들기 위해 이부자리에 누워 눈을 감고 있을 때도 그렇다. 천장에 매달린 누군가가 나를 내려다보고 있는 상상을 하게 됐다. 어둠으로 가득찬 공간에 들어가는 일이 무섭게 느껴진 것도 이와 같은 이유였다. 누군가가 나를 쳐다보고 있는 기분이 들었다. 시각 기능에 방해를 받으면 어쩐 일인지 정체를 알 수 없는 존재의 응시가 느껴지고, 이는 공포감을 불러일으킨다. 그러나 우리는 이 공포감에서 쾌락을 느끼기도 한다. 일부러 어두컴컴한 귀신의 집을 찾아가거나 갑자기 괴물이 튀어나와 우리를 놀라게 하는 호러 영화를 찾아보는 이유를 쾌락 말고는 달리 설명할 방법이 없다.

무엇보다도 시각과 관련해 나를 매료시키는 사실은 우리가 기본적으로 엿보는 행위에 끌린다는 점이다. 나는 이를 소피 칼의『호텔』이라는 작품을 보았을 때 단번에 알아차렸다. 이 작품은 사진 예술가 소피 칼이 베니스의 한 호텔에 몇 주간 청소부로 일하며 여행객들이 묵은 객실의 풍경을 촬영한 사진 모음이다. 흐트러진 침구와 속옷, 아직 식지 않은 찻잔과 담배꽁초, 정리되지 않은 캐리어와 가득 찬 쓰레기통 속 물건들은 마치 투숙객들의 내면을 드러내고 있는 것 같다. 하지만 아무리 그 사사로운 장면을 훔쳐보고 사진으로 남긴다 한들 소피 칼은 결코 이들의 속사정을 알 수 없었다. 그리고 이 역설 때문에 그의 사진들은 어쩐지 텅 비어 보이기까지 한다. 우리가 보고 있는 것으로부터는 아무것도 알아낼 수 없다는 진실 때문이다. 누군가를 이해한다는 말 'I see'는 그래서 어쩌면 이미 오해를 전제하고 있는 말일지도 모른다. 'see'로는 결코 'see' 할 수 없는 것이 언제나 존재하기 때문이다.

이렇게 생각해 보니 생물학적인 시각 기관이 보는 행위에 꼭 필수적인 것은 아니라는 생각이 들었다. 우리는 멀쩡한 안구를 갖고 있음에도 (혹은 눈을 너무나도 잘 뜨고 있기에) 곧잘 코를 베인다. 언젠가 텅 빈 동공으로 세상을 훨씬 깊이 통찰했던 보르헤스의 말을 읽은 적이 있다. 그는 시력 상실이 주는 일종의 보상이 있다고 믿었다. "눈먼 사람에게 시간은 더 이상 매 순간 뭔가를 채워 넣어야 하는 것이 아니에요. 그냥 시간에 기대어 살아야 하죠. 시간이 살아가게 해주는 대로 살 뿐이에요."[3] 언젠가 나 역시 시각을 완전히 잃고 내가 그린 그림을 포함한 세상의 모든 그림을 볼 수 없게 될 날이 올 수도 있다. 그러나 사랑하는 이의 얼굴도, 좋아하는 초록색도 다시는 볼 수 없게 된 그때가 되었을 때, 비로소 내가 시각에 너무 기댄 나머지 놓치고 있던 것들을 보게 될 수도 있지 않을까? 응시의 느낌에서 공포가 아닌 안정을 찾을지도 모른다. 그때가 되면 나 역시 시간이 살아가게 해주는 대로 살게 될 수도 있다.

여하간 그런 이유로 요즘 나는 앞을 볼 수 없는 눈을

3 　호르헤 루이스 보르헤스, 윌리스 반스톤, 『보르헤스의 말』, 서창렬 역, 마음산책, 2015.

그린다. 동공 부분이 하얗게 비어 있는 눈인 경우가 많고, 홍채가 쭈글쭈글한 눈 역시 다수 있다. 종종 한쪽으로 쏠린 눈동자를 가진 눈을 그리기도 했다. 가만 보면 어떤 눈은 깨진 창문처럼, 어떤 눈은 토끼 굴의 입구처럼 보인다. 이는 내가 다시 글을 쓰기 시작하면서 나타난 변화이다. 그전까지 나는 항상 앞을 볼 수 있는, 기능에 전혀 문제가 없어 보이는 눈만을 그렸다. 글을 쓰지 않았다면 이런 그림을 그리지 않았을 것이다. 이제 내게 글과 그림은 서로를 변화시키고 촉진하며 시작과 끝을 알 수 없는 리좀[4]같은 관계가 된 것 같다. 이 사실에 무척 쾌감을 느낀다. 내 시각이 명을 다하기 전까지는 두 가지 일 모두 멈추고 싶지 않다. (2023.08.24.)

---

4 질 들뢰즈와 펠릭스 가타리의 『천개의 고원』에 등장하는 철학 용어. 땅속줄기를 가리키는 식물학 용어에서 차용된 리좀은 시작도 끝도 없고 언제나 중간만을 가지며 중간을 통해 자라고 넘쳐난다.

삶은 은유

"사랑이 음식이라면 어떤 맛일까요?" 지난봄 대구에 있는 카페 대화의 장에서 구입한 대화 카드에 적혀있던 질문 중 하나다. 유독 낯설고 독특하게 느껴졌던 이 질문을 한동안 만나는 모든 사람에게 건네곤 했다. 어떤 이는 커스터드 크림이 가득 찬 조각 케이크 맛이 날 것 같다고 답했고, 어떤 이는 각종 채소가 들어간 비빔밥 같은 맛일 거라 했다. 과일 맛이 날 것 같다는 이야기를 한 친구들이 꽤 있었는데, 그중 하나는 자몽처럼 달콤하지만 쌉쌀한 맛일 거라 했으며, 키위 알레르기가 있는 친구는 키위 맛이 날 거라 했다. 세상에 존재하지 않아 감히 상상할 수조차 없는 맛일 것 같다고 답변한 이도 있었다. 하지만 아무래도 가장 기억에 남는 답변은 개불 맛이 날 것 같다고 한 중년 남성의 대답이다. 나는 개불을 먹어 본 적이 없어 그게 어떤 맛이냐 되물어봐야 했다. "이름도 그렇고 생긴 것도 지독한데 막상 씹으면 오독오독거리는 게 재미나지. 달달하기도 하고. 근데 소주 없인 안 먹지."

그저 재미있고 독특한 줄만 알았던 이 질문은 얼마 전 인지언어학 분야의 책을 읽으며 의미심장하게 다가왔다.[5] 인지언어학자들은 언어가 다른 인지 기능과 분리되어 독립적인 체계를 형성하고 있다고 보는 촘스키의 언어관에 반대한다. 대신 언어를 인지과정, 뇌 영역 간의 관계, 시청각 등의 지각 체계, 심지어는 제스처나 동작 등 수많은 영역과 상호작용하는 복합적인 기능으로 본다. 또한 언어의 하위 기능, 예컨대 음성, 의미, 문법 등이 서로 직접 상호작용하지 않고 독립적으로 존재한다고 보았던 촘스키와 다르게 인지언어학자들은 그들이 밀접한 관계를 맺고 있다고 생각한다. 이와 같은 논리에서 이들은 언어를 배우는 일은 언어 자체의 문제로

---

5   김성우, 『영어의 마음을 읽는 법』, 생각의 힘, 2022.

만 설명될 수 없고, 특히 새로운 언어를 배우는 일은 모국어로 이루어진 기존 개념체계의 토대 위에 새로운 문화적 개념체계를 쌓는 일이라 보았다. 이 과정에서 중요한 과제 중 하나는 "문화가 사고하는 방식"을 보여주는 다양한 은유를 익히는 것이라 주장한다. 이는 이들이 언어를 근본적으로 은유적이라고 믿었기 때문이다.

은유가 언어의 의미를 부가적으로 꾸며주는 장치가 아니라 근본적인 특성이라는 관점은 언어인지학자 조지 레이코프와 철학 교수 마크 존슨의 저서 『삶으로서의 은유 Metaphors We Live By』에서 상세히 소개된다. 이들은 우리의 개념 체계conteptual system, 즉 숫자에서 감정, 정신 상태에 이르기까지 추상적인 개념들의 체계가 대부분 은유적이며, 따라서 이 개념 체계에 근거한 언어 역시 은유적일 수밖에 없다고 주장했다. 그런 이유로 이들은 언어라는 증거를 통해 우리가 지각하고 사고하는 방식을 살펴볼 수 있다고 보았다. 이들이 언급한 예시에 따르면 우리는 이미 '사랑'이라는 개념을 여러 가지 다른 것들로 빗대어 이해하고 있음을 알 수 있다. 예컨대 우리는 종종 '사랑'을 물리적 힘으로 은유한다.

'연인들 사이에 전류가 흘렀다(feel the electricity)'라거나 이들이 '자석처럼 서로에게 끌렸다(magnetically drawn to each other)'라는 표현이 이것의 증거이다.

레이코프와 존슨이 제시한 예시를 더 살펴보자. '사랑'은 또한 종종 '광기'로 은유되기도 한다. '나는 그녀에게 미쳐있다(I'm crazy about her)'와 '나는 그녀 때문에 제정신이 아니다(I'm insane about her)'라는 문장은 우리가 누군가를 사랑할 때 느끼는 강렬한 감정이나 다소 극적인 행동들을 미친 듯이 날뛰는 기질과 유사하다고 여긴다는 사실을 알려 준다. '그녀는 나를 홀렸다(She had me hypnotized)'와 '나는 그녀에게 매료되었다(I'm charmed by her)'라는 문장에서 '사랑'은 '마법'으로 은유되어 있다. 이는 우리가 누군가를 사랑하는 일을 마치 마법처럼 불가사의한 것으로 인식하고 있음을 알 수 있다. '사랑'을 음식으로 은유하는 방식 역시 새롭지 않다. '우리는 사랑에 굶주려 있다(We are hungry for love)'나 '나는 사랑에 목말라했다(I used to crave someone's love)'라는 표현을 보면 그렇다. 사랑은 그중에서도 달콤하거나 쓴 음식으로 은유된다. '달콤한 사랑(sweet love)', '달콤

쌉쌀한 사랑(bitter-sweet love)'처럼 말이다.

　그렇다면 '사랑'을 맛으로 비유해달라는 질문에 사람들의 대답이 제각각이었던 사실을 통해서는 무엇을 더 알 수 있을까? 레이코프와 존슨의 관점에서 생각하면 사람마다 '사랑'을 개념화하는 방식이 다르다는 결론을 내릴 수 있을 것이다. '사랑'이란 개념 자체가 주관적이므로 그럴 수밖에 없다. '사랑'의 사전적 정의는 '어떤 사람이나 존재를 몹시 아끼고 귀중히 여기는 마음, 또는 그런 일'이지만 사람들이 겪은 사랑의 경험을 듣다 보면, 개개인이 갖고 있는 '사랑'의 정의는 이보다 훨씬 다양함을 알 수 있었다. 누군가에게 '사랑'은 애정과 증오가 공존하는 감정 상태이고, 누군가에게 '사랑'과 '사랑'이 아닌 것을 가르는 기준은 성적인 욕망이다. 또 나는 언젠가 '사랑'이 너무나도 괴로운 무언가인 나머지 나 자신을 해치는 일과 다름없다고 느낄 때가 있었다. 사랑을 신비롭고 환상적인 감정이라기보다는 선택을 기반으로 한 실질적인 행동이라고 말하는 사람의 글을 읽은 적도 있다. 그리고 사랑을 '상태', '일', '욕망', '행동'으로 정의 내리는 것 역시 넓은 의미에서 은유적이다.

언어는 오로지 이러한 추상화를 통해서만 만들어지며, 우리의 인식 체계는 은유를 통해서 세상과 사물을 개념화한다. 이렇게 은유가 인간이 세계를 어떻게 개념화하는가와 연관되어 있으며 개념화의 방식이 인간의 언어로 표출되는 것이라면, 새로운 은유의 출현은 우리에게 어떤 상상을 가져다줄 수 있을까? 이를테면 우리는 '관계'라는 개념을 '여정'으로 은유하는 경향이 있다. '우리의 관계는 마치 갈림길에 놓인 것 같아(We're at a crossroads in our relationship)', '그녀와의 관계는 정말 순탄해(Having a relationship with her is such a smooth sailing), '그들의 관계는 막다른 길에 있어(They're in a dead-end relationship)'와 같은 표현을 보면 그렇다. 이 외에도 우리는 수많은 은유로 추상화된 개념인 '관계'를 말하고 있을 것이다. 그런데 만일 한 번도 시도된 적 없는 낯선 개념으로 관계를 은유한다면? 예를 들어 관계가 '파티'로 은유된다면 우리에겐 어떤 표현이 가능할까? '이번 관계에선 저번처럼 만취하고 싶지 않아'나 '그와는 아무 생각 없이 춤추고 놀면서 즐기고 싶어' 같은 표현이 생겨날지도 모른다. '우린 요즘 완전 끝물이야'라는 표현도 가능할 수 있겠다.

이렇게 새로운 은유는 세상을 이해하는 새로운 관점을 제시해 준다. 무엇보다 자신의 내면을 바라보는 새로운 시각을 건네준다. "내 마음 곁에 누운 너의 마음도 내게 묻는다/무엇 때문에 넌 내 곁에 누웠지? 네가 좋으니까, 믿겠니?/믿다니!/내 마음아 이제 갈 때가 되었다네/마음끼리 살 섞는 방법은 없을까" 허수경의 시 「마치 꿈꾸는 것처럼」에는 이런 구절이 있다. 마음이 동물도 아니고 다른 마음 곁에 누울 순 없다. 하지만 이 시에서 마음은 몸이 있는 생물처럼 은유되었고, 그러자 마음은 생기를 갖고 누군가의 마음 곁으로 가 누워버렸다. 시를 읽는 개개인마다 '눕는 행위'에 대한 의미가 다르므로 이 은유를 받아들이는 방식 역시 모두 다를 것이다. 내게 눕는 일은 무방비 상태가 된다는 의미에 가깝다. 그래서 이 시를 읽었을 때 나는 특별한 사람 곁에서 한없이 무력해질 수 있었던 경험을 떠올리고 그 일에 언어를 붙여주었다.

"마음은 주로 개구리였다/기분 나쁘게 축축했고 건조할 때는 곧 쪼그라들어 죽을 것 같았다"라는 연으로 시작하는 신이인의 「펄쩍펄쩍」이라는 시에서 화자는 마음을 특정한 동물, 개구리로 은유하면서 마음을 이해하고 미워한다. "마음은 마음대로 나를 떠났고 나는 마음을 잘 욕하기 위해 다른 이름으로 불렀다/징그럽고 뻔뻔한 개구리 자식이라고/내 말을 들은 적이 없다고 가만 안 있고, 가만있으라 해도 가만 안 있고 속에서 속을 걷어차면서, 자꾸 튀어 나가려고……", "끝내 마음이, 결코 가서는 안 되는 곳에 가서 죽지도 않고 만신창이로 돌아왔다가 다음날 절뚝거리며 다시 높이 뛰는 연습을 시작했을 때/나는 마음의 배를 갈라 죽이고 싶었다" 마음을 개구리로 은유하자 '마음의 배를 갈라 죽이고 싶었다'라는 표현이 가능해졌다면, 마음을 바퀴벌레로 은유할 땐 어떤 표현이 가능할까? '마음은 죽이고 죽여도 끝까지 살아남아 징그럽게 온 세상을 돌아다닌다'라는 표현을 쓸 수도 있지 않을까?

한 해의 절반이 지나고 서서히 연말이 다가오면 나는 김이듬의 시집 『말할 수 없는 애인』을 꺼내 읽는다. 거기엔 겨울과 잘 어울리는 시가 한가득 있고 그중 하나인 「12월」에는 이런 문장이 있다. "포기를 향해 달려가는 나의 재능이 좋다." '포기'가 장소도 아니고 그곳을 향해 달려갈 수는 없다. 그렇기에 '포기를 향해 달려가는' 일을 '재능'이라고 할 수도 없다. 처음부터 끝까지 말이 안 되는 문장 같지만 사실 포기하는 일은 가끔 '능력'이라고 부를 수 있을 만큼 실행하기 어렵다. 또 삶을 살다 보면 놀랍게도 그 능력을 발휘해야 할 때가 온다. 그런 이유로 이 시를 읽을 때마다 '포기의 재능'을 좋아하는 화자가 늘 부러웠다. 지금은 전보다 덜 부러워하고 있다. 나에겐 '불안과 춤을 출 수 있는 재주'와 '오해라는 소파에 누워 감자칩을 먹는 여유'가 있으므로……. 누구에게나 이런 말도 안 되는 은유가 가능하다. 우리는 이미 평생 모든 것들을 은유하며 살아가는 중이고, 애초에 언어 자체는 현실과 멀리, 아주 멀리 떨어져 있다. (2023.09.25.)

진짜 유령과 가짜 유령

1.

처음엔 이번 연재를 소설 연재로 기획했다. 세계 곳곳을 여행한 한 여자가 마침내 완벽한 장소를 찾아, 아담하지만 아늑한 자신만의 나무집을 짓는 소설을 쓰고 싶었다. 여자가 목재를 고르는 순간부터 현관을 열고 집 안으로 들어가는 순간까지, 그리고 그 집이 한순간에 불타 완전히 파괴되기까지의 과정을 그려 보고 싶었다. 생각을 바꿔 익숙한 방식으로 산문 연재를 하고는 있지만 일상에 틈이 생기면 종종 이 여자에 대해 생각한다. 나이는 몇일지. 생김새는 어떨지. 키는 몇이며 발 사이즈는 얼마일지. 커피랑 차 둘 중에 어떤 걸 더 즐겨

마실까. 가장 좋아하는 시는 무엇일까. 자주 입는 바지는 무슨 색일까. 손톱은 아침에 깎을까, 저녁에 깎을까. 샤워를 할 땐 어디부터 씻을까. 사랑하던 사람은 있었을까. 개를 키운 적은? 나처럼 먹어 본 적이 있을까?

질문을 던지면 던질수록 점점 여자와 내가 분리되는 기분이 든다. 동시에 가까워지는 것도 같다. 여자와 건물 설계도를 살펴보는 상상을 해 본다. 여자는 내게 두유를 탄 뜨거운 커피를 건네고, 본인은 아무것도 마시지 않는다. 나는 커피를 홀짝이며 도면을 바라본다. 부엌 딸린 거실 하나, 화장실 하나, 방 두 개. 방 하나에 관이 하나 그려져 있다. 나는 묻는다. "이건 뭐죠?" 여자가 답한다. "제 침대에요." 나는 생각한다. 이 여자도 나만큼이나 제정신이 아니구먼. 여자는 집을 짓기 전 매일 밤 자신의 몸을 눕힐 관을 먼저 짰다. 죽은 후엔 그곳에서 영원히 잠을 잘 생각이다. 상당히 계획적인 여자다. 여자의 집을 태우는 일에 크게 죄책감을 가지지 않아도 될 것 같다. (10월 9일)

2.

   몇 주 전 꿈에서 누군가 C의 집에 들이닥쳐 야구 방망이로 그를 피칠갑이 되도록 팼다. C와 영상 통화를 하고 있던 나는 그 모습을 실시간으로 지켜봐야 했다. 최대한 빨리 경찰과 구급차를 부르려 했지만 머리가 하애진 나는 C의 주소가 기억나지 않았다. 그렇게 내가 우왕좌왕하는 사이 C가 죽었다. 내 무의식은 언제나 악몽을 통해 조언을 남긴다. 이번엔 누군가를 사랑하기 위해선 잃을 각오를 먼저 해 두라는 조언이었다. 잠에서 간신히 깨어난 나는 옆에서 자고 있던 C를 깨워 한참을 하소연하며 울었다. C의 잠을 방해했다는 사실에 몹시 미안했지만 어쩔 수가 없었다.

   며칠 뒤 C가 내게 처음으로 사랑한다는 말을 건넸을 때 그때 꾼 악몽을 상기했다. 의미의 모호함과 가변성 때문에 쉽사리 받아들이지도 꺼내지도 못했던 '사랑'이라는 단어가 더 이상 어렵게 느껴지지 않았다. 사랑보다 강력한 상실 덕분이다. (10월 13일)

3.

　다시 서울로 올라와 지내게 된 건 버드 덕이다. 이러 저러한 이유로 청주에서 부모님과 지내고 있던 나는 여름 이후 갈변한 식물처럼 시들어가기 시작했다. 부모님은 당신들의 집에 머무는 동안 내가 본인들과의 관계를 회복하는 데 협조하며 글쓰기나 그림 그리기 같은 쓸데없는 짓을 그만두길 원했다. 또 내가 토익 학원에 다니며 취업을 준비하길 기대했다. 물론 나는 우리에게 회복이란 단어가 어울릴 만한 '원래의 상태'가 애초에 없다는 입장이었고, 부모님이 생각하는 쓸데없는 짓이야말로 유일하게 하고 싶은 일이었다. 또 토익 학원에 다니는 척하며 미국인 여자 친구를 사귀었다. 그런 딸이 못마땅했는지 모친은 어느 순간부터 말도 없이 내 물건들을 하나둘 버리기 시작했다. 부친은 나만큼이나 지쳐 보였다. 그러던 와중 해방촌에서 지내고 있던 버드에게 월세를 나눠 내 함께 살자는 제안을 받은 것이다.

　버드는 모루라는 재료로 인형을 만든다. 그가 만든 인형은 묘한 구석이 있다. 그건 인형의 표정 때문이다.

부릅뜬 두 눈과 세모 입이 얼굴의 전부이지만 어쩐지 가늘고 얇은 웃음소리가 나는 듯 생겼다. 대강 이사를 마친 후 책상 앞에 앉자, 나는 데버라 리비의 글「중력」과 내 상황이 겹쳐 보였다. 리비는 나이 오십에 남편과 이혼 후 두 딸과 함께 허름한 아파트로 이사했다. 그러면서 글을 쓸 공간이 마땅찮게 되었는데, 운이 좋게도 한 서점 주인 실리아로부터 그의 헛간에서 월세를 내고 글을 쓰라는 제안을 받는다. 리비는 실리아를 수호천사라 칭했다. 버드는 수호천사도, 나를 내 부모로부터 꺼내준 구세주도 아니지만, 확실히 이곳에서는 마음이 더 편하다. 그리고 이제 나는 버드가 만든 인형들과 함께 지낸다. 오히려 그들이 수호천사 같다. 혹은 부적? 우리가 자는 동안 인형들이 자지러지게 웃으며 방 안을 돌아다니는 상상을 한다.

"자유는 결코 공짜가 아니다." 리비의『살림 비용』이라는 에세이 책엔 이런 문장이 등장한다. 나 역시 자유를 위해 비용을 치르고 있다. 글을 쓸 자유는 제외한다. 글쓰기는 언제나 그 자체로 자유였다. 하지만 글을 쓰기 위한 공간을 가질 자유, 부모가 내 인생을 대신 살아주지 않는다는 사실을 깨닫고 그들의 인생과 나의 인생을 분리할 자유, 내가 고른 적 없는 이름이지만 그 이름을 잃지 않을 자유, 비정상적인 공동체를 꿈꿀 자유, 내가 선택한 일들로 둘러싸여 있을 자유는 언제나 공짜가 아니었고 앞으로도 그럴 것이다. 그 때문에 나는 월세를 벌기 위해 새 과외를 시작했다. 일상이 극도로 바빠진 나머지 불평이 찾아올 자리가 없어서 다행이다. (10월 18일)

4.

정신 건강 의학과를 다닌 지 1년이 지난 요즘 나는 '광기'라는 주제에 사로잡혀 있다. 미쳤다는 건 정확히 무슨 뜻일까? 절대적인 진리는 없다고 생각한 프랑스의 철학자 미셸 푸코는 광기라는 개념 역시 절대적이지 않다고 보았다. 유럽 사회에서 '광기'가 '이성'과 관계를 맺어 사회적으로 통제되기 시작한 시점은 18세기 이후다. 르네상스 시기 광기는 숨겨야 하는 무언가가 아닌, 사람들 주변에 항상 배회하고 있는 것이었다. 그러나

고전주의 시기에 들어서면서 '이성적'인 인간과 그렇지 않은 인간을 구별해 후자를 모두 '로피탈 제네랄'이라는 공간에 격리하기 시작했다. 격리 시설에 불과한 이곳에 감금되어 있던 이들은 범죄자, 거지, 무신론자, 부랑자, 이교도, 실업자, 더러운 소설을 쓴 자, 자살 시도자, 동성애자, 성병 환자, 여자 등이었다. 하지만 프랑스대혁명 이후 자의적 감금 조치가 폐지되면서 '진짜 광인'만을 위한 새로운 시설이 마련되었다. 이때부터 감금은 치료를 목적으로 기능했다. 푸코의 이런 역사적 작업을 통해 '광기'라는 개념이 시간과 장소에 따라 변함을 알 수 있다. 그의 연구에 따르면 보편적인 광기는 없다. '그 광기'들만이 산재할 뿐이다.

그렇다면 나의 '광기' 역시 21세기 대한민국이라는 시대이자 장소가 만들어낸 산물일 뿐이라 말할 수 있을까? '광기'가 늘 일반 사람들과 섞여 있던 르네상스 시기 유럽에 살았더라면 내 정신 이상은 개성 그 이상 그 이하도 아니었을까? 그나저나 요즘 정신과를 다니는 사람들은 18세기 중후반 유럽의 '로피탈 제네랄'을 자발적으로 짓는 것 같다. 그리고 자신의 '비정상적'인 부분을 그곳에 격리해 홀로 병원에 다니며 약을 먹는 방식으로 관리하고, 자신의 '정상적'인 부분은 사회에 나가 노동을 하는 것이다. 자신이 단단히 미쳤다는 사실을 꼭꼭 숨긴 채……. 이쯤 되니 지금 우리 사회에서 말하는 '광기'의 의미를 다시 생각해 보아야 할 것 같다. 진짜 미친 놈들은 보통 자신이 미쳤다는 사실을 알아채지 못하는 경우가 많은데, 내 정신병자 친구들은 그들이 미쳤다는 사실을 너무나도 잘 알고 있어 다들 성실히 병원도 다니고 약도 먹고 상담도 받는다. 이 흥미로운 주제는 이후 더 긴 글로 다뤄보고자 한다. (10월 23일)

5.

외할머니 화태는 내가 여자를 만나는 것보다 고기를 덜 먹고자 하는 사실을 더 못마땅해한다. 미국인 여자 친구를 사귀고 있다고 말했더니 이제 드디어 본인도 미국 땅을 밟아볼 수 있는 거냐며 기뻐했다. 그리고 내게 오랜 시간 비행기를 타고 미국에 가려면 고기를 든든하게 먹어 두어야 한다는 당부도 잊지 않았다. "그게 싫으면 닭알이라도 무라."라는 말과 함께. 내가 언젠가 여자 친구와 함께 미국에 갈 예정이고, 덩달아 본인도 미국에 방문할 기회가 생긴다고 전제하는 화태가 너무 웃기다. 여하간 내가 이제껏 만난 나이 많은 여자들은 대체로 좀 웃기고 귀여운 면모가 있다. 어제까지 일했던 태국 레스토랑의 황 이모도 그렇다.

이모는 주방에서 설거지를 도맡아 하는 할머니이다. 쉬는 시간엔 나를 제외한 모든 직원이 식당 앞에 도란도란 모여 담배를 피우는데, 그들과 친분이 깊지 않은 내가 혼자 커피를 사러 그 곁을 지나갈 때면 황 이모만이 나를 불러 칭찬했다. "넌 담배 안 하니? 아이고 참 착하다."라면서. 그 말이 나를 항상 겸연쩍게 만들었다. 그러다 지난주 홀로 담배를 피우고 있던 이모 곁에 앉아 커피를 마시고 있었을 때 이모는 뜬금없이 내게 담배 한 개비를 건넸다. "한번 펴볼래?" 그의 담배는 한라산이었다. 이모는 한라산 담배가 얼마나 괜찮고, 또 다른 담배보다 싸면서 길기까지 한지 조잘거렸다. 그날의 쉬는 시간이 그곳에서 보낸 시간 중 가장 오랫동안 기억하고 싶은 순간이다. 이모에게 진짜 이름이 무엇

인지 몇 번을 여쭈어봤었는데 그는 끝내 자신의 이름을 내게 알려주지 않았다. (10월 29일)

6.

자크 라캉은 "세계에 출현하는 모든 것들을 환영이라고 간주했다." 정신분석학자 백상현은 『라캉 미술관의 유령들』에서 '유령 이미지'가 라캉이 말하는 환영의 정체를 드러낸다고 설명했다. 저자는 확실성을 주장하는 한에서만 자신의 실존을 보장받는 세계에서 우리의 삶이 갑자기 좌초할 때, 즉 제대로 작동하지 않을 때 '유령'이 출현한다고 말한다. '유령'은 비이성적인 환영이므로 이 세계의 '합리적'인 질서에서는 이해될 수 없는 존재이다. 이 때문에 '유령 이미지'가 나타나면 우리는 세계의 완전함이 주는 확실성을 의심할 수 있게 된다는 것이다. 그리고 명확해 보였던 현실을 더 이상 신뢰할 수 없게 될 때 우리에게는 역설적으로 진짜 현실을 마주할 선택지가 주어진다. '유령'과 조우하면 우리는 이를 쓸데없는 망상으로 간주할 것인지, 혹은 '유령'

의 이야기에 귀를 기울이고 세계를 이전과는 전혀 다른
방식으로 볼 것인지 결정해야 하기 때문이다. 지난 일
요일 서울 광장에 모인 사람들은 후자를 선택했다고 본
다. 국가가 국민의 안위를 보장할 것이라는 확실성이
완전히 무너진 광경을 목격한 이들은 현실을 가득 채우
고 있던 허상을 똑바로 밝혀내라고 소리쳤다.[6] 무려 1
년 동안, 그리고 10년 동안 말이다.[7] (10월 31일)

---

6   2023년 10월 29일 일요일, 이태원 할로윈 참사 1주기를 맞아 서울 광장에 추
    모 집회와 행진이 열렸다.
7   이 자리에는 세월호 참사의 진실을 찾는 4.16연대가 함께 했다.

씻 다운 코미디

후회를 거의 하지 않는 내가 살면서 크게 후회하는 일이 하나 있다면 어릴 적 부모님에게 매를 맞을 때마다 성적으로 홍분한 것처럼 신음 소리를 내지 않은 것이다. 이 유용한 팁은 몇 달 전 영국의 한 신인 예술가 이시 우드의 에세이 『퀸 베이비』에서 읽었다. 아쉽게도 이 팁을 써먹을 일이 앞으로는 없을 것 같다. 하지만 우연한 기회로 자신의 보호자에게 매를 맞는 아이를 만난다면 그에게 저 책을 읽어보라 권할 것이다. 매를 맞을 때마다 홍분한 듯 신음 소리를 내면 덜 맞을 수 있다는 팁이 적혀 있는 책을 추천하는 건 아무런 문제가 되지 않는다. 책을 나쁘다고 생각하는 사람은 없다.

여하간 나는 아무 문제의식 없이 어린 나를 때리고 신발도 안 신긴 채 집 밖으로 쫓아내는 부모 밑에서 자랐다. 부모님은 매주 일요일이 되면 교회를 가지 않으려 악을 쓰는 나를 억지로 차에 태우셨는데 하루는 예배당에 들어가기가 죽기보다도 싫어 달리는 차의 문을 열고 뛰어내렸다. 그 벌로 일주일 동안 방과 후 내내 핸드폰 없이 방에 틀어박혀 있어야 했다. 하지만 요즘은 공짜로 밥과 간식을 얻어먹을 수 있는 곳이라면 어디든 가고 싶다. 밥을 차리고, 먹고, 치우는 일이 얼마나 귀찮고 힘든 일인지 매 끼니 남이 해준 밥을 먹었던 그때는 몰랐던 거다. 예수라는 분과 좀 친하게 지내고 싶기도 하다. 보기보다 꽉 막힌 분이 아니라서 내가 양팔에 문신이 있든 여자와 자고 다니든 딱히 신경 쓰지 않고 나를 좋아해 줄 것 같다. 마태복음 14장에 따르면 그분은 떡 다섯 개와 물고기 두 마리로 오천 명을 먹인 적도 있으시다. 이른바 오병이어(五餠二魚)의 기적이 나에게도 절실하다. 그분과 친하게 지내야 한다.

요즘에는 물가가 너무 올라서 외식은 물론 장 보는 일도 큰 부담이 되었다. 최근 내 재정 상태로는 그나마

저렴한 식재료인 토마토와 바나나 정도로만 연명을 나야 하는 수준이다. 사실은 토마토로 세수도 하고 머리도 감아야 했지만……. 웃자고 하는 말이 아니라 며칠 전 장을 보러 마트에 갔더니 양배추 한 통이 6,000원이었다. 담배 한 갑이 4,500원인 걸 고려하면 괘씸한 일이 아닐 수 없다. 그렇다고 담배를 씹어 먹을 수는 없으니 바나나 한 다발을 사 들고 집으로 돌아왔다. 그런데 한 달 전까지 일했던 레스토랑에서 마지막 월급이 밀린 지금은 바나나 껍질로 양치도 하고 옷도 만들어 입어야 할 형편이 되었다. 인생이 너무 고달프니 토마토와 바나나를 발효시켜 담금주도 만들어 두는 게 좋을 것 같다. 물가뿐 아니라 가스비도 올라서 이젠 대량으로 귤을 사다가 보일러를 트는 대신 귤껍질로 대형 난로를 만들어야 할지도 모른다.

그런데 항상 점을 보러 가면 점쟁이 선생님들은 하나같이 내 사주에 식신(食神)이 많아 굶어 죽을 일은 없을 거라 말씀하셨다. 하기야 지금보다 훨씬 가난했을 때도 여기저기서 곧잘 밥을 얻어먹었던 터라 정말 배를 쫄쫄 굶고 다닌 적은 없었던 것 같다. 또 나는 역마살 때문에 한곳에 오래 머물기보다 쉴 새 없이 돌아다녀야 하는데, 다행히 외국과 같은 새로운 환경에도 빠르게 적응할 거라고도 하셨다. 그 이야기를 들으면서 세계 대전 동안 전 세계로 공급된 미군의 물자 사이에 숨어 끈질기게 살아남아 세계 곳곳에서 번성한 미국 바퀴벌레의 모습과 내가 겹쳐 보였다. 여자 친구의 강아지 버피를 임보하고 있는 요즘 나는 더욱 막강한 바퀴벌레로 진화 중이다. 처음엔 내 생활만으로도 벅차 과연 아침저녁으로 버피의 밥도 챙기고, 똥도 치우고, 산책도 시켜줄 수 있을지 걱정이 많았지만, 예상했던 것보다 잘 해내고 있는 내 모습에 대단히 감탄하고 있다. 물론 며칠 전에는 버피를 잃어버려 한 시간 동안 찾으러 다니긴 했지만……. 바퀴벌레가 개를 잃어버리지 않는 게 더 이상한 일이라고 스스로를 위로했다.

그나저나 나와 여자 친구 C는 버피가 레즈비언인 것 같다고 생각하기 시작했다. 몇 주 전부터 산책을 나가면 버피는 꼭 외모가 준수한 여성분들 무리 앞에만 가서 꼬리를 흔들었다. 펍에 데려가면 꼭 모르는 여자들 품에 안기려고 한다. 버피를 찾아주신 분들도 매우 아름다운 분들이셨다. 그분들 왈, 까맣고 작은 강아지가 젊은 여자분들 다리 사이에서 꼬리를 마구 흔들며 같이 걷고 있는 광경을 목격했는데 자세히 보니 목줄이 없어 데리고 와 주인을 찾으셨다는 거다. 우리가 너무 편견이 심한 걸까? 하지만 우린 이 아이가 레즈비언이든 트랜스젠더이든 상관없이 사랑할 것이다. 우린 이미 털 색깔에 상관없이 아이를 사랑하고 있다.

얼마 전에도 버피를 데리고 C와 자주 가는 펍에 앉아 그림을 그리고 있었다. 잠시 후 중년 남성 손님 여덟 분이 옆 테이블에 앉았는데, 슬슬 배가 고파 자리를 뜨려고 하던 찰나 사장님이 옆 테이블에서 샴페인을 한 잔씩 돌리고 있다며 마시고 가라고 했다. 고물가 시대에 무료 샴페인을 마다하는 건 예의에 어긋나기에 옆 테이블에 감사 인사를 전하고 그들과 건배했다. 그리고 어느 순간 합석해 다 같이 이야기를 나누기 시작했다. 알고 보니 구석 자리에 앉아 있는 백발의 중후한 분이 교회에서 장로가 되어 그를 축하하기 위해 모인 것이었다. 그때까지도 나는 계속 의아해했다. 우리에게 계속 샴페인을 권하신 분은 누가 봐도 게이였기 때문이다.

그분께 내가 슬쩍 애인이 있냐 묻자 거의 울 것 같은 얼굴로 "씨발 나랑 자려고 하는 남자가 없어!"라고 하셨다. 나와 C의 사이를 밝히자 모두 한목소리로 "할렐루야 아멘"을 외쳐주셨다.

결과적으로 우리는 샴페인 한 병과 와인 한 병을 더 땄다. 중간중간 다 같이 손을 잡은 채 우리네 삶을 위한 기도를 올렸고, 브리트니 스피어스의 「Oops! … I Did It Again」과 마이클 잭슨의 「Beat It」을 함께 열창했다. 비싼 술도 얻어 마셨고, C와 집으로 돌아와 기가 막힌 섹스도 했고, 역시 예수님은 매우 열려있는데다 늘 이웃에게 베푸시는 분이므로 가까이 지내서 나쁠 게 없다는 사실마저 다시금 확인했으니 그런 자리를 마련해 주신 신도들에게 참으로 감사했다. 더군다나 개중 한 분이 내게 본인의 에세이 기획에 참여해달라는 제안을 해 책을 만드는 프로젝트도 하나 맡게 되어 다음 달 잔고 걱정도 좀 덜었다고 할 수 있다. 우리가 이런저런 얘기를 나누고 게이 선생님과 서로를 계집애라고 부르는 사이 감사하게도 아이는 달아나지 않고 얌전히 내 곁에 누워 잠을 잤다. 그날만큼 나는 행복한 바퀴벌레 엄마

였다.[8]

어쨌거나 연말이 코앞으로 다가왔으니 다들 이번 한 해가 어떠했든 마지막 한 달은 이렇게 좋은 사람들과 재미있는 시간을 보내며 따뜻하게 보냈으면 한다. 아무 걱정 없이 잠에 들기도 어려운 시대라 이런 식상한 덕담을 주고받기도 쉽지 않지만 이럴 때일수록 더 구체적으로 서로를 위해 축복해 주어야 한다. 예를 들면 연말을 맞이해 합법적으로 프로포폴을 맞고 의사와 간호사들의 돌봄 아래 숙면을 취하며 위내시경을 받으라든가, 위내시경을 통해 암으로 발전될 수도 있는 용종을 발견해 제거하게 되면 좋겠다든가, 설령 이미 위암이 진행되고 있다 하더라도 이참에 주저하고 있던 취미 생활, 예컨대 뜨개질을 시작해 퇴원할 때쯤 전 세계 뜨

---

8 이제야 솔직히 고백한다. 나를 계집애라 부르던 그는 사실 술자리 내내 치근 덕거리다 결국 허락도 없이 내 볼에 뽀뽀를 했다. 나는 술에 취해 정색하지 못하고 웃어넘겼다. 며칠 뒤, 같은 펍에서 술에 덜 취한 그를 다시 마주쳤을 때, 그에게 그날 내게 했던 짓을 기억하느냐고 물었다. 그는 사과했지만, 나는 여전히 불쾌했다. 알고 보니 그는 펍 사장님의 부친이었다. 자식의 사업장에서 그런 짓을 하다니 한심할 뿐만 아니라 천박하다고 생각한다. 본인의 에세이 기획을 부탁하던 사람은 일이 시작되기도 전에 잠적했다. 그날의 기억을 왜곡했던 이유는 단순하다. 좋은 부분만 기억하고 싶었다.

개질 대회에 나가 우승해 막대한 상금을 받으라는 등의 덕담을 하는 것이다.

최악의 상황이라는 게 있는 건지도 잘 모르겠다. 올해가 지나기 전에 우연한 계기로 사망하게 되더라도 미리 장례식을 기획해 둔 나는 크게 걱정이 되지 않는다. 여러분도 혹시 모를 죽음을 대비해 지인들과 자신의 장례식에 관해 이야기해 보길 권유한다. 장례식을 구체적으로 상상해 두면 생각했던 것보다 죽음이 두렵지 않을 수 있다. 일단 나는 지인들에게 보낼 장례식 초대장을 미리 디자인해 두었다. 장례식에 틀 영상 내용도 다 정해놓은 상태라 이제 촬영만 하면 된다. 영상 중간에는 내가 아이브의 〈After LIKE〉를 〈After LIFE〉로 개사해 우쿨렐레 연주와 함께 부르는 모습이 담길 것이다. 장례식에는 소주 대신 샴페인이 준비될 예정이다. 술을 못 마시는 분들을 위해 무알코올 샴페인도 마련되어 있으니 걱정하지 마시길. 그리고 장례식이 진행되는 내내 케이팝 메들리를 틀어둘 생각이다. 춤도 출 수 있도록 영정 사진 앞에 무대 또한 설치해 둘 것이다. 주인공인 내가 함께 할 수 없다는 사실이 참 아쉽지만 어떤 상황이든 완벽할 수는 없는 법이다. 다들 그 아쉬움 마저도 즐기시기를 바라는 마음으로 소정의 선물도 준비했다. 선물의 정체는 장례식 당일에 확인하시면 된다. (2023. 12. 03.)

행위 소설

당신이 불안해하고 있다는 것을 알고 있습니다. 매일 당신은 잠에서 깨는 즉시 괴로움에 빠집니다. 잠에서 깼다는 사실이 믿기지 않을 정도로 고통스러워 아무 흔적도 없이 사라지고 싶다는 생각만이 당신을 압도합니다. 당신은 당신에게 주어진 삶이 버겁고, 가능하다면 타인에게 해가 되지 않는 선에서 삶을 내버리고 싶습니다. 그러나 삶은 쉽사리 당신을 놓아주지 않습니다. 삶은 당신에게 간신히 버틸 만한 지옥을 선사합니다. 그렇기에 당신은 마음 깊은 곳에 우물을 지어 그 안에 모든 불안을 욱여넣었습니다. 당신은 종종 그 우물을 쓰레기 더미로 가득 채우거나, 만나는 사람 족족 우물가로 데려가 그들을 불안하게 합니다.

당신은 누군가를 너무나 사랑한 나머지 두려움을 느낍니다. 애인이 다른 사람을 사랑하고 있을 것 같아 두렵고, 자식이 더 이상 당신을 필요로 하지 않게 될까 두렵습니다. 당신이 사랑하는 그가 실제로는 너무도 추악한 사람일까 걱정됩니다. 당신은 여태 사람들에게 쏟은 사랑이 무용지물이 될 수도 있다는 생각에 잠을 이루지 못합니다. 당신은 어쩌면 사랑하는 그가 용납할 수 없는 행동을 하는 광경을 목격했습니다. 아무도 믿을 수 없게 된 당신은 혼란스럽고 불안합니다. 어쩌면 당신은 자신을 포함한 그 어떤 사람도 사랑하지 않아 미쳐갑니다.

당신은 좋은 부모를 만났지만, 그들처럼 좋은 부모가 될 자신이 없습니다. 혹은 좋은 부모를 만나지 못해 좋은 부모가 될 수 없을 것 같습니다. 부모가 될 생각은커녕 이 세상 누구와도 친밀한 관계를 맺기 꺼리지만, 한편으로는 이렇게 홀로 늙어 죽게 될지 걱정됩니다. 과연 그 형체 없는 외로움을 견딜 수 있을지 당신은 자신이 없습니다. 당신에겐 결혼하고 싶은 상대가 있지만 결혼이 과연 좋은 선택일지 확신이 서지 않습니다. 혹은 이제 당신은 이혼하고 싶습니다. 서로가 없이는 단 하루도 살아갈 수 없을 것만 같던 그 관계는 지금 당신의 가장 큰 걸림돌이 되었습니다. 그러나 이제는 너무 지쳤습니다. 결심이란 당신에게 가장 어려운 일입니다.

당신은 신의 언명대로 살지 않고 있다는 생각이 듭니다. 신이 당신의 기도에 응하지 않을까 두렵습니다. 신의 뜻대로 사는 일이 너무나도 힘에 부칩니다. 분명 천국에 가지 못할 거라는 확신이 듭니다. 당신은 다양한 지옥의 모습을 상상하며 지금 이 순간 지옥에 살고 있습니다. 당신은 천국에 갈 운명이지만 당신이 소중히 여기는 그는 당신과 함께할 수 없어 속상합니다. 반대로 당신은 세상에 절대적인 존재란 없다고 생각합니다. 당신에게 세상의 모든 가치와 신념은 무의미합니다. 의문으로 가득 찬 세상 속에서 어떻게든 답을 찾고 있지만 미로를 헤매는 기분만 들 뿐입니다. 죽음만이 유일한 출구인 것처럼 느껴집니다.

당신은 뉴스 기사를 읽다 문득 우울해집니다. 대통령과 정부가 없는 것과 다름없는 시대를, 당신은 살아가고 있습니다. 혼자 불만을 토로하는 일 외엔 할 수 있는 것이 없다는 생각에 좌절감이 듭니다. 나랏일을 하는 모두가 밑 빠진 독에 물을 붓는 것처럼 보입니다. 한편으로 당신은 이런 쓸데없는 불평을 하는 스스로가 한심합니다. 당신은 상황이 아무리 좋지 않더라도 모든 일은 내가 하기 나름이라고 생각합니다. 당신은 가장 살기 좋은 이 나라에 살면서도 불안합니다. 무엇인가 놓치고 사는 것만 같습니다. 그리고 그것이 대체 무엇인지 알 수가 없습니다. 어느 순간 당신은 그저 나이만 들어갑니다. 나이가 들며 당신은 점차 체력을 잃습니다. 모든 것이 귀찮고 무의미해 보입니다. 쉽게 피로합니다.

술과 담배를 끊을 생각은 없지만 당신은 건강에 대한 걱정으로 가득 차 있습니다. 혹은 음주나 흡연처럼 별것 아닌 일조차 경험하지 못하고 생을 마감하게 될까 억울합니다. 당신은 지독히 틀에 갇힌 삶을 살아온 것만 같습니다. 예를 들면 당신은 태어나서 한 번도 성관계를 해본 적 없다는 사실이 부끄럽습니다. 부끄러울 일이 아니라는 것 정도는 알고 있지만 어쨌든 당신은 사람들 앞에서 경험이 있는 사람인 척합니다. 혹은 그동안 무분별한 성생활을 해 온 것이 창피합니다. 자신의 몸과 마음을 소중히 여기지 않은 것을 후회하고 있습니다. 성병에 걸린 것은 아닐지 불안합니다. 당신은 임신중절수술을 했다는 사실을 아무에게도 말하지 못했습니다.

당신이 해야 할 일, 이를테면 공부나 노동은 그 무엇도 보장해 주지 못합니다. 당신은 결국 돈만을 쫓게 되었지만 쫓으면 쫓을수록 그것은 당신으로부터 멀리 도망갑니다. 돈이 많다고 해서 당신의 삶이 평안이나 평화에 더 가까워진 것은 아닙니다. 당신은 돈이 있기에 몸이 아플 때 곧바로 병원에 갈 수는 있지만 정신과 의사를 언제쯤 그만 만날 수 있는지는 알 수 없습니다. 의사는 당신이 매주 이 병원에 오는 것만으로도 잘한 일이라 위로하지만, 당신은 "내 앞에 앉은 당신도 정신병자인 건 마찬가지 아니야?"라는 생각이 절로 듭니다. 의사가 처방해 주는 약을 꾸준히 챙겨 먹고는 있지만 그건 약을 먹는 것 외엔 달리할 수 있는 일이 없기 때문입니다. 수면제를 먹어도 먹어도 당신은 매일 밤 악몽을 꾸고 매시간 비명을 지르며 눈을 뜹니다. 어둠 속에서 눈을 뜬 당신은 모든 것을 관두고 싶어집니다.

거울 앞에 서면 저 유리 안에 비친 당신의 모습이 낯설게 느껴집니다. 나 자신과 똑바로 눈을 마주 보고 있지만 당최 저 인간의 속내를 알 수가 없습니다. 나 자신도 알아차리지 못하는 나의 눈빛. 더불어 당신은 당신의 얼굴이 마음에 들지 않습니다. 더 나은 얼굴을 갖고 싶습니다. 아름다워지고 싶습니다. 아름다움까진 바라지 않더라도 누구나 볼만한 얼굴이 되길 바랍니다. 당신은 얼굴이야말로 몸에서 가장 불필요한 부위라는 생각이 들 정도입니다. 얼굴을 포함한 몸 전체를 바꾸고 싶습니다. 외관을 바꾸면 내면도 달라질 것 같습니다. 동시에 외모가 아무리 나아지더라도 참혹한 정신은 그대로일 것 같아 절망스럽습니다.

당신은 쉴 새 없이 불안합니다. 하지만 당신을 둘러싼 환경에 당신의 존재는 안중에도 없습니다. 철저하게 혼자가 되었다는 기분은 어떤 물리적인 실체로 다가와 몸 전체를 묵직하게 짓누릅니다. 당신은 이를 어떻게 해야 할지 전혀 알지 못합니다. 무력감은 온몸을 휘감고 있지만 그럼에도 당신은 매일 아침, 혹은 어느 시간대가 되면 잠에서 깨어납니다. 당신이 현관문을 열고 밖으로 나가든, 나가지 않든, 삶은 어제와 같이 오늘도, 오늘과 같이 내일도 지속됩니다. 창문을 열고 뛰어내리는 상상을 반복합니다. 깊은 강물에 몸을 던지고 싶은 충동을 억누릅니다. 삶은 어렵고 죽음은 쉽지만, 당신은 항상 어려운 쪽을 선택하며 하루하루를 이어 붙이고 있습니다.

삶은 어렵고 죽음은 쉽지만, 당신은 항상 어려운 쪽을 선택하며 하루하루를 이어 붙이고 있습니다.

삶은 어렵고 죽음은 쉽지만, 당신은 항상 어려운 쪽을 선택하며 하루하루를 이어 붙이고 있습니다.

삶은 어렵고 죽음은 쉽지만, 당신은 항상 어려운 쪽을 선택하며 하루하루를 이어 붙이고 있습니다.

삶은 어렵고 죽음은 쉽지만, 당신은 항상 어려운 쪽을 선택하며 하루하루를 이어 붙이고 있습니다.

삶은 어렵고 죽음은 쉽지만, 당신은 항상 어려운 쪽을 선택하며 하루하루를 이어 붙이고 있습니다.

　이제부터는 이 불안의 한가운데에 당신을 위치시키고 제 목소리에 집중해야 할 시간입니다. 당신은 지금 어디에 있나요? 지하철 의자에 앉아 있나요, 사무실 책상 앞인가요? 침대 위에 누워있거나 밥을 먹는 중인가요. 당신이 어디서 무엇을 하든 이제는 잠깐 하던 일을 멈추고 조용한 곳으로 몸을 옮겨야 합니다. 만약 여건이 되지 않는다면 여기서 읽기를 멈추고 시간과 공간의 여유를 찾은 뒤 다시 글을 읽어야 합니다. 조용한 공간으로 몸을 들여왔다면 이제 편안히 앉아 주시길 바랍니다. 의자에 앉아도 좋고 바닥에 앉아도 좋습니다. 자리를 잡고 앉았다면 그동안 한껏 경직되어 있던 온몸에 힘을 뺍니다. 이제 모든 것은 당신의 상상에 달렸습니다.

　당신의 앞에 당신과 똑같은 자세를 하는 제가 있습니다. 제게도 당신처럼 몸이 있습니다. 저의 숨소리가 미세하게 들려오고 온기가 느껴집니다. 이제 당신은 허리와 등을 폅니다. 대나무 죽순이 하늘로 뻗어나가듯, 누군가 고무줄을 길게 잡아당기듯 등허리를 곧게 세웁니다. 그다음 아주 깊고 느리게 숨을 쉬어 봅니다. 이

때 입은 닫고 오직 코를 통해서만 숨 쉬겠습니다. 들이마시는 숨에 5초, 내쉬는 숨에 5초를 줍니다. 하나, 둘, 셋, 넷, 다섯. 하나, 둘, 셋, 넷, 다섯. 가능하다면 속으로 저와 함께 숫자를 세어봅니다. 하나, 둘, 셋, 넷, 다섯. 하나, 둘, 셋, 넷, 다섯. 하나, 둘, 셋, 넷, 다섯.

당신의 안구 반대편에 몸 내부를 향한 또 다른 동공이 있다고 상상해 봅니다. 당신의 내부는 온통 어둠입니다. 이는 추상적인 비유가 아니라 진실입니다. 누군가 당신의 몸통을 갈라 빛을 비추지 않는 이상 우리의 내부는 먹물을 뒤집어쓴 듯 검고 어둡습니다. 그러나 당신은 당신의 허파가 움직이는 것을 봅니다. 숨을 천천히 들이쉴 때 허파가 가득 부풀어 오르는 것을, 숨을 천천히 내쉴 때 작게 쪼그라드는 것을 바라봅니다. 어둠 안에서 부풀고 쪼그라드는 허파. 그 옆에 규칙적으로 운동하는 심장도 바라봐 줍니다. 호흡합니다. 하나, 둘, 셋, 넷, 다섯. 하나, 둘, 셋, 넷, 다섯. 하나, 둘, 셋, 넷, 다섯. 하나, 둘, 셋, 넷, 다섯.

이제부터는 제 호흡 소리를 따라 숨 쉬겠습니다. 저

는 여전히 당신 앞에 앉아 있습니다.

하나, 둘, 셋, 넷, 다섯.
하나, 둘, 셋, 넷, 다섯.
하나, 둘, 셋, 넷, 다섯.
하나, 둘, 셋, 넷, 다섯.
하나, 둘, 셋, 넷, 다섯.

이제 아주 조금 고개를 숙여 당신의 몸을 바라봅니다. 당신이 숨을 들이마시고 내쉴 때마다 미세하게 움직이는 몸을 바라봅니다. 몰입합니다. 손끝 혹은 발끝과 같은 몸의 끄트머리 부분을 조금씩 움직여봅니다. 자세히 바라보세요. 최대한 집중하세요. 그곳에 당신이 유일하게 내릴 수 있는 결정이 있습니다. 아주, 아주 적은 힘으로도 움직일 수 있는 그곳에 당신이 통제할 수 있는 것이 있습니다. 당신 말고는 그 어떤 누구도 할 수 없는 행위를 당신은 바라보고 있습니다.

기억하세요. 지금 이 기분을 잊지 마세요.

이제 당신은 삶으로 돌아가도 좋습니다.

2부

님포매니악 씨몽키 연구

3년 전 가을, 초록 언니는 씨몽키를 키우기 시작했다. 정확히 9월 23일이었다. 얼마 전 언니는 내 요청으로 그날 찍은 영상을 보여 주었다. 영상 속 언니는 손바닥만 한 수조에 수돗물을 채운 후 씨몽키 알을 풀어 넣었다. 그다음 스푼이 수조의 벽에 닿지 않도록 조심히 저었다. 언니가 활발하게 헤엄치는 씨몽키를 발견한 시기는 10월 중순쯤이었다. 그로부터 약 5개월 후 나는 초록 언니의 룸메이트가 되었는데, 그때까지도 두 마리의 씨몽키가 살아 수조 안을 돌아다녔다. 그들의 평균 수명이 2~3개월인 사실을 고려하면 언니의 씨몽키는 대단히 장수한 셈이다. 하지만 내가 씨몽키에 관한 글을 써야겠다고 생각한 이유는 그들의 유별난 생존 기간 때문이 아니었다. 그것보다 나는 기나긴 생의 끝에서 격렬한 성생활을 했던 최후의 두 마리에 관한 기록을 글로 남기고 싶었다.

초록 언니의 씨몽키가 오래 산 이유를 정확히 알고 있다. 언니는 누구보다 각별하게 씨몽키를 보살폈다. 설명서에 적힌 대로 4일에서 5일마다 키트 안에 동봉되어 있던 작은 스푼으로 먹이의 양을 엄밀히 재어 이들의 식사를 챙겼다. 설명서에는 공기 공급이 중요하다는 말도 적혀 있었다. 그래서 언니는 아침저녁으로 수조 속에 스포이트를 넣어 펌프질했다. 나는 씨몽키들이 갑작스럽게 닥친 산소 방울 때문에 스트레스를 받을까 수조 속으로 조심스럽게 공기를 넣어 주던 초록 언니의 뒷모습을 똑똑히 기억한다. 씨몽키는 보통 손톱 밑의 때보다도 작아 육안으로는 잘 보이지 않지만, 내가 본 언니의 씨몽키는 조금 무서울 정도로 거대하게 자라 다리의 움직임은 물론 얼굴과 눈동자도 무척 잘 보였다.

원래는 최후의 두 마리가 아니라 최후의 세 마리였다

고, 초록 언니는 회상했다. 알에서 부화한 지 두세 달 정도가 흐르자 대부분의 씨몽키들은 생을 다해 헤엄치기를 관두었고, 오로지 세 마리만이 완전한 성체가 되었다. 언니는 그제야 그들에게 이름을 붙여줄 수 있었다. 순서대로 몽일, 몽이, 그리고 몽삼이었다. 언니는 전보다 먹이와 산소를 공급하는 루틴을 훨씬 더 철저하게 지키기 시작했다. 얼마 지나지 않아 난처한 광경을 목격했을 때도 그랬다. "몽삼이가 먼저 죽은 건 몽일이랑 몽이가 몽삼이를 따돌리고 자기들끼리만 섹스를 해서 그런 거야. 한 번이 아니라 여러 번. 밤낮으로 잠도 안 자고. 하필이면 그때가 크리스마스 주간이었어. 몽삼이는 스트레스 때문에 죽은 거야. 생각해 봐. 걔네는 같은 방에 있었단 말이야."

나의 뇌리에도 몽일이와 몽이가 짝짓기하던 잔상이 분명하게 남아있다. 몽일이가 몽이의 꼬리뼈 쪽에 얼굴을 대고 매달려 있었는데, 둘은 그 상태로 수조 안을 마구잡이로 돌아다니며 헤엄을 쳤다. 초록 언니는 설명서가 시키는 대로 수조의 물을 한 번도 갈지 않았기 때문에 바닥에는 몽삼이를 포함한 씨몽키 형제들의 시체가 가득했지만, 그런데도 몽일이와 몽이는 전혀 문제가 되지 않다는 듯 서로를 끌어안은 채 하루 종일 수조 안을 유영했다. 나는 종종 엉겨 붙은 두 씨몽키가 수조 구석에 있다 말고 중앙으로 왔다가 물 표면으로 올라가서는 다시 바닥 끝까지 내려가는 광경을 얼빠진 채로 지켜보곤 했다. 밤낮으로 관계를 한 지 한 달 정도가 지난 어느 날, 몽이는 몽일이의 몸에서 떨어져 생을 마감했다. 나는 일말의 고민도 없이 몽이의 사인을 복상사라고 생각했다.

언니와 내가 언제부터 씨몽키를 두고 님포매니악으로 불렀는지는 잘 기억나지 않는다. 그것은 분명 라스 폰 트리에 감독의 영화 〈님포매니악〉에서 따온 것이었지만, 사실 그때 나는 영화를 직접 보지도 않은 상태였다. 씨몽키에게 '님포매니악'이라는 별칭을 붙인 것은 그저 '섹스 중독'이나 '성욕과잉증'이라는 단어보다 훨씬 그럴싸했기 때문이다. 님포마니아nymphomania라는 단어가 여성 색정증 환자를 뜻하고 남성의 경우에는 사티리아시스satytriasis라 칭한다는 사실은 최근에서야 알게 되었으나 초록 언니와 나는 여전히 몽일이와 몽이의 성별을 모른다. 몽일이의 몸에만 달려 있던 고환 같은 것이 수컷의 정소였는지 암컷의 알 주머니였는지, 또는 아무런 기능을 하지 않는 점이나 혹에 불과했는지는 지금도 알 길이 없다.

　여하간 몽이가 죽고 난 며칠 후 몽일이도 끝내 숨을 거두고 만다. 내 생각에 몽일이의 사인은 고독이다. 초록 언니는 몽일이까지 떠난 뒤에야 수조를 비웠다. 언니는 끝까지 사려가 깊었다. 씨몽키를 변기에 흘려보내면서도 씨몽키들의 명복을 진심으로 빌었던 초록 언니. 훗날 언니에게 왜 그렇게까지 씨몽키에게 관심을 쏟았냐 묻자, 언니는 그 아이들이 '실제로' 헤엄치고 있었기 때문이라고 답했다. 뒤이어 내가 씨몽키에 대해 글을 쓰겠다고 했을 때 언니는 민혜 네가 키운 씨몽키에 관해서도 쓸 거냐 물었다. 나는 언니에게 그 이야기는 절대 쓰지 않을 거라고 말했다. 몽일이가 죽은 지 얼마 지나지 않아 친구와 거나하게 취한 상태로 다이소에서 씨몽키 키트를 샀는데 그때 내가 탄생시킨 씨몽키들은 2개월도 채 지나지 않아 모두 죽어 버렸다.

어떤 이야기는 웬만하면 하지 않는 게 좋다. 이를테면 영화 〈님포매니악〉의 주인공 조의 이야기가 그렇다. 두 살의 나이에 성기의 감각을 알아차린 색정증 환자 님포매니악 조는 평생 오르가즘만을 쫓으며 살았다. 열다섯 살에는 잘 알지도 못하는 남자와 성관계를 했고, 그로부터 2년 후에는 친구 B와 초콜릿 한 봉지를 두고 대책 없는 내기를 했다. 표를 사지 않고 기차를 탄 뒤 목적지까지 가는 동안 섹스를 더 많이 한 쪽이 초콜릿을 얻는 게임이었다. 성인이 된 조는 하루에 열 명 가까이 되는 남자와 관계를 한 탓에 누가 누군지 구분하기 힘든 지경이 된다. 아버지의 병간호를 하던 때에 조는 아버지가 발작을 일으키거나 배변을 가리지 못할 때마다 병실을 나가 섹스할 상대를 찾았다.

사랑하는 남자와 결혼한 뒤 갑작스럽게 성기의 감각을 잃은 조는 점점 더 무모하고 위험한 선택을 하고 만다. 조는 통역사를 고용해 말이 통하지 않는 낯선 상대 두 명과 섹스를 시도하고, 또 여자를 '체계적으로' 때리는 K를 찾아가 소파에 묶인 채 그가 자신을 피가 나도록 때려 주기를 기다린다. 조가 K의 건물 대기실에서 새벽 내내 자신의 차례를 기다리는 동안 막 걸음마를 뗀 조의 아들은 홀로 집에 남아 엄마를 기다렸다. 조는 수천 명의 남자와 성관계를 한 경험으로 웬만한 남성들의 내면을 파악하는 능력을 길렀고, 그 덕분에 폭력 조직에 들어가 수금하는 일을 하게 된다. 조는 빚을 진 남성들을 성적인 방식으로 고문하여 돈을 받아내는 데에 재주가 있었다. 물론 자신의 뛰어난 재주로 인해 조는 남편과 아들, 인생에서 처음 사귄 친구를 모두 잃는다.

조의 이야기를 모르는 편이 나았을 것이다. 해롤드 본 브라운헛의 이야기와 마찬가지로 말이다. 해롤드는 1957년의 어느 날 뉴욕의 한 장난감 가게를 돌아다니다 관상어 수조 앞에 놓인 플라스틱 양동이를 발견한다. 훗날 그는 양동이에 담겨 있던 풍년새우를 미국 전역에 사는 아이들에게 팔아 수백억 달러의 돈을 벌었다. 열악한 조건에서 자신의 신진대사를 멈추는 능력을 지닌 풍년새우를 이용해 기막힌 장난감을 만든 것이다. 해롤드는 아이들이 직접 새우가 알에서 부화하는 모습을 각자의 집에서 목격할 수 있도록 작은 키트를 만들었고 키트를 완성한 후에는 새우에게 씨몽키라는 새 이름을 붙여 주었다. 그다음 그는 약 3백2십만 장의 만화책 뒤편 광고 페이지를 사들여 광고를 냈다. "여러분의 씨몽키가 타임캡슐을 타고 도착했어요.", "행복으로 가득 찬 수조, 놀라운 생명 씨몽키! 오직 1달러."

해롤드는 씨몽키 키트를 개발한 이후로도 200개 가까이 되는 특허를 냈다. 총기 소지 면허를 취득할 수 없는 사람들을 겨냥한 '카이요가 스프링 채찍Kiyoga Spring Whip'이나 사람들의 옷 안을 꿰뚫어 볼 수 있는 '엑스레이 안경X-Ray Spex'은 씨몽키와 함께 해롤드의 대표적인 발명품이다. 그리고 그는 자신의 상품으로 번 돈을 악명 높은 반인종주의 나치 단체인 아리안 네이션Aryan Nation에 기부했다. 씨몽키를 막 상품화한 시기 해롤드는 자신의 이름을 '해롤드 네이션 브라운헛Harold Nation Braunhut'에서 '해롤드 본 브라운헛Harold von Braunhut'으로 바꾸기도 한다. 자신이 유대인이라는 사실을 감추기 위해서였다. 그는 언젠가 히틀러가 나쁜 사람이 아니라 단지 나쁜 언론을 만났다는 발언을 해서 화제가 되었다. 이러한 사실들이 씨몽키의 세계적인 유명세를 막진 못했다. 요즘에도 한국 다이소는 가격대별로 씨몽키 키우기 키트를 판매한다.

　내가 샀던 씨몽키는 정확히 6월 17일에 죽었다. 내 방 바로 옆방에 살던 다른 룸메이트 옹비가 나 대신 장례를 치르던 기억이 난다. 나는 씨몽키에게 밥도 공기도 제대로 주는 날이 없었는데, 보다 못한 옹비는 종종 그런 나 대신 그들을 보살피곤 했다. 그날도 옹비는 본인이 사 놓고는 어째 한 번도 관심을 안 주냐며 나를 나무랐고, 나는 텅 빈 플라스틱 수조 위에 그가 쓴 메시지를 읽고 깔깔 웃었다. 'We Loved You a Lot. R.I.P.' 그동안 씨몽키 이야기를 하며 얼마나 많이 웃었는지 모른다. 씨몽키 덕에 나는 유쾌한 추억과 잡다한 정보, 알고 싶지 않은 이야기를 얻었다. 이 모든 영광을 몽일이와 몽이, 그리고 몽삼이에게 돌리고 싶다. 앞으로는 씨몽키로 인해 웃을 일은 없었으면 한다. (2022.06.27.)

꿈의 영혜

한강의 연작소설 『채식주의자』의 주인공 영혜는 세상의 모든 나무가 물구나무서 있다고 생각했다. 똑바로 서 있는 줄만 알았던 나무들이 실은 모두 두 팔로 땅을 받치고 있다는 것을, 소설 후반부의 영혜는 깨달았다. 영혜는 물구나무서 있는 자신의 몸에서 잎사귀가 자라고, 손에서 뿌리가 돋고, 그 뿌리가 끝없이 끝없이 땅속으로 파고드는 꿈을 꾸었다. 영혜는 언니인 인혜에게 이제 자신을 보러 올 때 음식 같은 건 갖고 오지 않아도 된다고 했다. 대신 나무처럼 온몸에 물을 맞아야 한다고, 햇빛만 있으면 더 이상 밥 같은 건 먹지 않아도 된다고, 곧 말도 생각도 사라질 거라며 그는 기뻐했다. 정신병동의 복도 끝에서 영혜는 틈만 나면 물구나무섰다.

몸에서 잎사귀가 자라고, 손에 뿌리가 돋고, 그 뿌리가 끝없이 끝없이 땅속으로 파고들길 바라는 것 같았다.

　대학을 다니는 동안 이 소설을 여러 번 읽었다. 평범한 아내였던 영혜가 고기를 안 먹기 시작하면서 가정을 완전히 파괴하고, 종국에는 식물이 되려는 이 이야기가 한때 내게 몹시 충격적이었다. 동시에 나는 작가의 유려한 문체에 빠져들었고, 그런 이유로 언젠가 이 소설 하나를 집중적으로 읽고 비평하는 문학 수업을 듣기도 했다. 거기서 이 단순하지 않은 작품을 한 장면 한 장면 뜯어 읽고, 토론하고, 글을 썼다. 최근까지도 나는 졸업 논문을 쓰기 위해 이 책을 반복적으로 읽었다. 어느 정도가 되자, 나는 이제 이 소설에 대해 더 이상 들여다볼 것이 없다고 판단했다. 이제는 그만 읽을 때가 되었다는 생각이 들었다. 한 달 전, 내가 난생처음 물구나무서기를 할 줄 알게 되기 전까지만 해도 그렇게 생각했다.

　『채식주의자』의 줄거리는 다음과 같다. 어느 날, 고깃덩어리와 피웅덩이가 가득한 헛간 꿈을 꾼 영혜는 갑자기 고기를 먹지 않기로 결심한다. 그 후 그는 계속해서

끔찍하고 이상한 악몽에 시달렸고, 숙면을 취하지 못해 점점 야위어만 갔다. 그러던 중 비디오 아트 작업을 하는 형부의 요청으로 우연히 몸에 식물과 꽃으로 바디 페인팅을 하게 된다. 그러자 악몽은 사라지고, 자신처럼 몸에 식물을 그린 남자에게 강한 성욕을 느낀다. 이를 알게 된 형부는 자신의 몸에도 식물과 꽃을 그려 영혜와 성관계를 가졌고, 그것을 영상으로 남긴다. 이 영상이 언니 인혜에게 발견되면서 영혜는 정신병원에 입원하게 된다. 병동 근처의 숲을 바라보며 영혜는 이제 나무가 되고 싶어 한다. 음식을 먹지 않으려 하고, 물과 햇빛만으로 살아가려 한다.

나는 영혜가 소설에 등장하는 다른 누구보다 스스로에게 충실한 사람이라고 생각했다. 그저 마음이 시키는 대로 살아가고자 했던 인물 같았다. 이상한 꿈을 꾸지 않기 위해 고기를 끊었고, 악몽에서 벗어나고자 몸에 식물을 그렸다. 나무가 되는 꿈을 꾼 후로는 물구나무서기를 시작했다. 물론 소설이 영혜의 생각과 마음을 친절하게 설명해 놓고 있지 않다. 게다가 연작소설인 『채식주의자』를 이루는 세 편의 중편 소설이 모두 영혜 주변 사람들의 시점에서 전개되고 있다. 그들은 모두 영혜의 변화에 당황스러워하거나 과거의 영혜와 현재의 영혜를 비교할 뿐이다. 그러다 보니 서술자의 서술에 의존해야 하는 독자의 입장에서 영혜라는 인물은 명확히 잡히지 않고 끝없이 미끄러진다.

그래서 나는 논문에서 영혜라는 인물을 이해하려는 해석은 더 이상 의미가 없다고 적었다. 영혜의 불온하고 기괴한 행동에 주체성을 부여하는 몇몇 기존 비평이 조금 억지스럽다며 비판하기도 했다. 나는 영혜를 바라보는 새로운 관점이 필요하다고 주장했고, 나름대로 그렇게 해 보려고 했다. 하지만 만일 내가 작가 한강을 만나 대화를 나눌 기회가 생긴다면 절대 내 논문에 관한 이야기를 꺼낼 수 없을 것이다. 그것보다 나는 작가에게 조심스럽게 물어볼 것 같다. '작가님, 혹시 물구나무서 본 적 있으세요?' 나는 물구나무서기에 대해 작가와 잡담을 나누는 장면을 상상해 본다. '작가님, 영혜는 어떻게 물구나무서기를 할 수 있게 된 거죠? 아무것도 안 먹고, 근력 운동도 안 한 영혜가 도대체, 어떻게요?'

영혜가 물구나무선 채 삼십 분이나 버티는 장면이 책에 나와 있다. 영혜는 몇 달째 음식 먹는 일 자체를 거부하고 있어 몸에 살과 근육이 거의 없는 상태였다. 그 시기 영혜는 말 그대로 죽어가고 있었다. 하지만 소설을 여러 번 되풀이하여 읽는 동안 단 한 번도 영혜의 물구나무서기가 이상하다고 생각해 본 적이 없었다. 두 달 전 아쉬탕가라는 요가를 시작하면서 그제야 나는 그 광경이 얼마나 말도 안 되는지 깨달았다. 소설 속 그 어떤 장면에서도 영혜가 운동하는 모습은 보이지 않았는데, 어떻게 이게 가능하지? 남편이나 언니 몰래 혼자 요가 학원이라도 다녔나? 그래서 독자도 모르게 코어의 힘을 길렀나? 정말이지 나는 믿을 수가 없었다.

요가 수업은 온라인으로 진행되었다. 수업 첫날, 방 바닥에 매트를 깔고 줌 채팅방에 들어가자, 선생님은 내게 동작 하나를 가르쳐 주었다. 동작의 이름은 수리야 나마스카라였다. 산스크리트어로 '수리야'는 태양을, '나마스카라'는 경배를 의미한다. 아홉 개의 움직임으로 이루어져 있는 동작은 똑바로 선 상태에서 양팔을 머리 위로 쭉 뻗으면서 시작된다. 그다음 숨을 내쉬며 손바닥으로 양발의 바깥쪽 바닥을 짚는다. 그대로 고개만 들어 올린 뒤 숨을 들이쉬고, 내쉬면서 다리를 하나둘씩 뒤로 뺀다. 거기서 엎드린 자세를 만든 뒤 상체만 일으켜 허리를 꺾는다. 그다음 꼬리뼈를 꼭짓점으로 한 산 모양을 만든다. 다섯 호흡을 한 뒤 다시 처음 자세로 돌아오는 것까지가 전체 동작의 순서이다.

나는 방금 수리야 나마스카라를 글로 적었을 때 얼마나 움직임 하나하나가 쉽게 느껴지는지 깨달았다. 내가 하는 수리야 나마스카라를 글로 적는다면 무척이나 긴 글이 될 것이다. 동작 중간중간에 거칠게 숨을 몰아쉬고, 욕도 하고, 팔다리를 저주하는 일까지 모조리 적는다면 말이다. 코어 근육이 무에 수렴하는 몸뚱이로 수리야 나마스카라를 하니 아주 짧은 시간 안에 엄청난 양의 땀을 흘릴 수 있었다. 손바닥 전체를 바닥에 닿도록 해야 하는 첫 번째 움직임부터 이미 누가 나를 거꾸로 뒤집어 천장에 매달아 놓은 것처럼 정신이 들락날락 혼미했다. 요가의 모든 자세를 하는 동안 호흡에도 집중해야 하고, 특히나 아랫배에 계속 힘을 주고 있어야 하므로 동작 하나하나를 자연스럽게 이으려면 엄청난 근력이 필요했다.

　다음 날 아침 나는 온몸에 강렬한 통증을 느끼며 이부자리에서 일어났다. 몸살감기라도 난 듯 이곳저곳이 쑤셨다. 어디에 앉았다 일어나는 일이 무서울 정도였다. 결국 나는 이틀이 지나서야 두 번째 수업에 참석할 수 있었다. 그날 선생님은 내게 두 번째 수리야 나마스카라를 가르쳤다. 첫 번째 것에서 네다섯 가지 정도의 움직임이 추가된 동작이었고, 모두 상체를 숙였다 일으키는 자세의 연속이었다. 나는 그냥 태양 경배라는 이름의 요가 동작을 하는 것뿐이었는데 그리스 신화에 등장하는 이카루스처럼 태양에 다가가려다 날개를 잃고 저 아래로 추락하는 처지에 놓인 기분이었다. 이카루스는 아름다운 바닷속으로 떨어졌지만, 그날 나는 수업이 끝난 뒤 땀으로 흥건히 젖은 요가 매트 위로 쓰러졌다.

　그나마 이 수업이 줌을 통해 이루어지고 있어 무척 다행이라고 생각했다. 덕분에 나는 스피커를 꺼 둘 수 있었다. 동작 하나를 할 때마다 자동으로 나오는 고통의 신음을 선생님이 듣지 못해 다행이었다. 수리야 나마스카라 이후로 나는 또 다른 생소한 이름의 동작을 연달아 배우게 됐다. 아르다 밧다 파드모따나아사나라는 동작을 하고 나면 머리가 어지러우면서 눈앞이 까매졌고, 웃티타 하스타 파당구쉬타아사나라는 동작을 하면서는 계속 넘어졌다. 넘어질 때마다 선생님은 내게 딴생각에 빠지지 말고 마음을 한데 모으라거나 아랫배에 힘을 주어 버티라는 조언을 했다. 안타깝게도 그런 식으로 선생님의 관심을 받으면 호흡이 급격히 가빠져 더 잘 넘어졌다.

물구나무서기 자세인 쉬르샤아사나는 수업을 들은 지 한 달 정도가 흘렀을 때 배웠다. 먼저 깍지 낀 손을 바닥에 내려놓은 뒤 손바닥에 뒷머리를 댄다. 그다음 엉덩이를 들어 올린다. 그 상태로 까치발을 하면서 천천히 상체 쪽으로 걷는다. 하체가 더 다가올 수 없을 만큼 상체에 가까워지면 양다리를 위로 곧게 펴고 팔의 힘으로만 몸을 지탱한다. 모든 동작과 마찬가지로 쉬르샤아사나 역시 하는 방법을 글로 적으니 거짓말처럼 쉽게 느껴진다. 쉬르샤아사나 동작에 처음 성공했을 때 나는 심지어 엉덩이와 발을 벽에 기대고 있으면서도 온몸이 후들거려 금방이라도 와르르 무너질 것처럼 위태위태했다. 아니나 다를까 삼 초 정도가 지나자 나는 우당탕거리며 고꾸라졌다.

"민혜, 산만해지지 마. 집중. 집중." 선생님은 자꾸만 내게 집중하라 말했다. 나는 대체 이런 동작을 하면서 어떻게 집중 같은 걸 할 수 있는지 따져 묻고 싶었다. 내가 삼 초에서 삼십 초까지 물구나무서기를 할 줄 알게 되었을 때도 여전히 내 뒤꿈치는 벽에 의지하고 있었다. 조금이라도 발을 때면, 기초가 부실한 건물이 자신의 속내를 들키고 내려앉는 것처럼 야단스럽게 무너졌다. 나는 그때마다 영혜를 떠올렸다. 고기가 먹기 싫다며 과도로 손목을 찌른 무모한 영혜. 잠도 못 이룰 정도로 끔찍한 악몽 때문에 형부와 섹스한 미친 여자. 사람이 나무가 될 수 있을 거라는 정신 나간 생각을 하는 영혜. 나무가 되려다 자기 자신마저 파괴하고 있는 사람. 나는 수십 번은 더 읽은 소설을 다시 집어 들면서 물구나무서기와 관련된 영혜의 무언가를 찾고 싶다고 생각했다. 그리고 나는 별로 중요하지 않다고 생각했던 사소한 장면 하나를 오래 들여다보게 되었다.

고깃덩어리와 피웅덩이 꿈을 꾸기 이전, 그러니까 남편과 아무런 탈 없이 평범하게 살아가고 있던 시절, 휴일이 되면 영혜는 늘 자신의 방에 틀어박혀 있었다. 그의 남편은 영혜가 만화의 말풍선을 채우는 일이나 독서를 한다고 생각했다. 어쩌면 영혜가 그 방 안에서 의도치 않게 집중력을 기른 게 아니었을까. 요가 선생님은 내게 쉬르샤아사나를 할 줄 알려면 근력은 물론 엄청난 집중력이 필요하다고 누누이 말했다. 영혜의 경우 집중력이 근력을 넘어선 게 아니었을지. 나무가 되겠다는 마음에 자신의 온 정신을 쏟은 게 아닐지. 내가 아닌 다른 무언가가 되겠다는 간절한 욕망이 물구나무서기 삼십 분을 가능하게 만든 것이 아닐지. 대체 영혜는 얼마나 나무가 되고 싶었던 것일까? 나는 아직도 벽에서 발을 뗄 수가 없고, 이제 영혜라는 사람은 전보다 훨씬 더 꿈같은 사람으로 내 마음에 남게 되었다. (2022.05.23.)

킬 디스 러브

만일 그날 서울에 폭우가 쏟아진다는 예보를 미리 확인했더라면 아마 카프카의 단편집을 들고 집 밖을 나설 생각은 하지 않았을 것이다. 산 지 얼마 안 된 책이기도 했고, 겉표지의 색과 그림이 마음에 들어 왠지 모르게 아끼던 것이었다. 무엇보다 끝까지 읽지 못했다. 하지만 그날의 비바람은 쓰고 있던 우산을 허수아비로 만들 만한 수준이었다. 덕분에 등에 메고 있던 가방과 그 안에 든 모든 물건이 빗물에 홍건히 젖었다. 책은 속지 한 장 한 장까지 남김없이 축축해졌다. 게다가 곧바로 냉동실에 들어가지 못해 쭈글쭈글한 상태로 말라 버렸다. 하지만 막상 책을 펼친 후에 나는 점점 회의감에 빠졌다. 아무래도 어릴 적에 읽은 카프카의 대표작 「변신

Die Verwandlung」때문에 크게 기대했던 모양이다. 흥미로운 소설도 더러 있었지만, 대부분의 단편은 당최 무슨 내용인지 이해할 수가 없어 찝찝함만이 남아 나를 불편하게 했다.

언제부터 가방 안으로도 빗물이 들어갔는지는 잘 모르겠다. 사실 한창 비를 맞으며 걷고 있을 때는 정신을 놓은 채로 춤을 추고 있었다. 을지로입구역 근처였던 것 같다. 같이 있던 사람들 역시 트럭에 달린 거대한 스피커로부터 흘러나오는 에스파의 「Next Level」과 「Black Mamba」를 따라 부르며 팔다리와 엉덩이를 흔들어대고 있었다. 시내버스 좌석에 앉아 있던 사람들과 건물 안의 사람들 일부는 우리를 보며 손을 흔들어주었다. 그다음 노래로 현아의 「I'm Not Cool」과 「PING PONG」, 카라의 「숙녀가 못 돼」와 「STEP」, 에프엑스의 「Red Light」와 「NU 예뻐오」가 나왔다. 그때쯤 하늘에서 떨어지는 빗줄기가 너무나도 굵고 거세져서 스피커의 볼륨도 덩달아 올라갔다. 나는 입고 간 청바지가 전부 젖는 바람에 다리가 점점 무거워지는 것을 느꼈고 얇은 반바지나 수영복을 입고 온 사람들이 부러웠다.

내가 카프카의 단편집에서 가장 이해할 수 없었던 소설은 「선고Das Urteil」였다. 소설은 젊은 상인 게오르크 벤데만이 사업을 하러 러시아에 간 친구에게 쓴 편지를 봉하는 장면으로 시작한다. 처음에는 잘 풀리는 것만 같았던 친구의 일은 점점 위기를 맞았고, 게오르크는 늘 그런 그에게 편지를 쓸 때 어떤 말을 적어야 할지 고민이었다. 다시 고향으로 돌아와서 지내라는 말도, 형편이 좋지 않더라도 계속 러시아에 남아있으라는 말도 친구에게는 별 도움이 되지 않을 것 같았다. 그런 말들은 오히려 친구의 기분을 상하게 할 거란 생각에 게오르크는 점점 그에게 편지를 쓰는 일이 꺼려졌다. 그 사이 친구는 러시아의 불안한 정치 상황 때문에 자신 같은 소상인조차 자유롭게 이동할 수가 없다며 게오르크에게 한탄이 담긴 편지를 쓰곤 했다. 게오르크는 그것이 궁색한 변명이라 생각했지만 어쨌든 친구는 삼 년이 넘도록 고향에 방문하지 못하고 있었다.

그간 게오르크에게도 많은 일이 있었다. 이 년 전에는 어머니를 하늘로 떠나보냈고, 노쇠한 아버지의 가업을 물려받아 본격적으로 일을 하기 시작했다. 그는 유복한 가정의 딸인 프리다와 약혼도 치렀다. 게오르크는 이러한 소식도 친구에게 알릴 수 없었다. 결국 그는 삼 년 동안 별 대수롭지 않은 남녀가 약혼했다는 이야기만 대강 적어 친구에게 편지를 보냈다. 자신의 상황을 그런 식으로 대신 알린 것이다. 하지만 이내 게오르크는 약혼자의 조언에 생각을 바꿔 정직한 편지를 쓰기로 한다. 새로운 편지의 내용은 대략 다음과 같았다. '자신은 지금 부유한 집안의 여자와 약혼해 몹시 행복한 삶을 살고 있는데, 이 경사가 친구인 너를 다시 고향으로 오게 하면 좋겠다. 하지만 내 말은 개의치 말고 뜻대로 행동하길 바란다.' 그러고 나서 게오르크는 몇 달째 들어가 보지 못한 아버지의 방에 들어가 자신이 이런 편지를 친구에게 부칠 거라는 소식을 전한다.

여기서부터 이야기는 몹시 기괴해진다. 아버지는 게오르크의 말을 듣더니 갑자기 언제 너에게 러시아로 간 친구가 있었느냐며 아들을 의심한다. 그런 아버지의 반응에 게오르크는 복잡한 감정을 느낀다. 불쾌한 기분이 들면서도 그동안 아버지를 돌보지 못한 탓에 그가 신경 쇠약에 걸린 것 같아 마음이 쓰였다. 아버지를 침대에 눕힌 뒤 이불을 덮어드리자 별안간 그는 게오르크의 친구를 마음으로 낳은 아들이라 밝힌다. 게다가 아버지는 게오르크가 프리다라는 여자와 '재미를 보려고' 친구를 배반했으며 자신까지 침대에 처박아 두었다며 화를 낸다. 그는 결국 게오르크에게 '빠져 죽을 것'을 선고한다. 판결을 들은 게오르크는 곧장 집 밖으로 나가 강물에 몸을 던진다. 거기서 소설이 끝난다.

이 난해한 부자(父子)를 어떻게 이해할 수 있을까? 나는 여전히 게오르크가 프리다라는 여자를 만난 일이 어째서 주변 사람들을 배신하는 것과 연결되는지 모르겠다. 아버지는 언제 게오르크의 친구와 친밀한 관계를 쌓은 걸까? 소설 중반부에서 그는 자신이 게오르크 친구의 대리인이라 말하며 친구에게 이미 게오르크의 약혼 소식을 알렸다고 주장한다. 아버지가 너무도 확신에 찬 어조로 말하고 있어 어쩌면 내가 미처 읽어내지 못한 소설 속의 무언가가 있었던 것은 아닌지 의문이 들었다. 만일 게오르크가 강물에 뛰어들지 않았더라면 아버지의 사형 선고는 우스운 헛소리가 되었을 테지만 아들은 아무런 저항 없이 아버지의 판결을 받아들였고

덕분에 나는 두 사람 모두를 납득할 수 없게 되었다. 소설을 처음으로 완독했을 땐 러시아로 간 친구의 존재가 가장 궁금했다. 대체 어떤 인간이었길래 친구와 친구의 아버지가 각기 다른 방식으로 그를 신경 썼던 걸까.

그나저나 나는 메고 있던 가방에 좀 더 신경을 써야 했다. 하지만 트럭의 플레이리스트에서 블랙핑크의 「뚜두뚜두」가 나오자 나는 드디어 걸리적거리는 우산을 접고 무아지경으로 걸었다. 종로2가 사거리를 지나 청계천을 건널 땐 있지의 「WANNABE」와 「마.피.아. In the morning」이 나왔던 것 같다. 아니, 미쓰에이의 「Good-bye Baby」였나? 여자친구의 「시간을 달려서」였던가? 사실 잘 기억나지 않는다. 그런데 너무 과격하게 몸을 흔들며 걸었는지 명동역에 도착하자 체력이 바닥나 더 이상 춤을 출 수 없었다. 머리가 어지러운 것 같기도 속이 울렁거리는 것 같기도 했다. 엉덩이를 씰룩거리면서는 을지로입구역 쪽으로 갈 수 없을 것 같았다. 그때까지도 비가 내렸다. 결국 나는 경로를 이탈해 다른 길로 걷기 시작했다.

「선고」를 반복해서 읽었던 것 같다. 하지만 끝내 소설 자체를 읽고 이해하는 일을 관뒀다. 대신 프란츠 카프카의 생애에 관해 알아보기 시작했다. 얼마 지나지 않아 나는 서른여섯의 카프카가 자신의 아버지를 수신인으로 편지를 썼다는 사실과 그 편지가 『아버지에게 드리는 편지Brief an den Vater』라는 제목의 책으로 출간된 적 있다는 것을 알게 되었다. 나는 혹여 소설에 대한 실마리를 얻을 수 있을까 싶어 곧장 책을 구해다 읽기 시작했다. 그리고 편지의 후반부에서 이런 단락을 읽을 수 있었다. "제 글은 모두 아버지, 당신에 관한 것이었어요. 글에서 제가 한탄한 것들은 모두 아버지에게 진정으로 터놓지 못한 것들이었습니다. 오랜 시간에 걸쳐 의도적으로 진행된 아버지와의 결별 과정이었습니다. 물론 아버지가 강요한 것들이긴 했지만 제가 결정한 방향으로 진행되었답니다."

이것이 소설 「선고」의 아버지와 카프카의 아버지를 동일한 인물로 여길 만한 근거가 되지 않을까? 카프카의 아버지도 게오르크의 아버지처럼 일평생 사업을 했던 부유한 상인이었다. 그런데 카프카는 게오르크보다 게오르크의 친구 쪽에 더 가까운 사람으로 보였다. 언젠가부터 아버지를 피해 다녀야 했다는 말이 편지 초반부에 적혀있다. '방 안으로, 책 속으로, 좀 정신 나간 친구들한테로, 터무니없는 이념들 쪽으로' 도망가던 카프카는 스스로가 아버지처럼 사업욕이 왕성한 사람이 아니라는 사실을 이미 알고 있었다. 아버지가 자신을 향해 "널 생선처럼 토막 내 버릴 테다."라고 말했을 때 카프카는 자신의 아버지라면 충분히 그럴 수 있는 위력을 지녔다고 생각했다. 어쩌면 소설 속의 두 아들 중에서 게오르크가 사형 선고를 받아 죽게 된 것은 카프카가 아버지에게 할 수 있었던 최선의 복수였는지도 모르겠다.

홀로 시청역에 도착했을 때도 세차게 내리는 비는 그칠 줄을 몰랐다. 광장 쪽 횡단보도를 건너려고 6번 출구 앞에 섰을 때 나는 이런 문구가 적힌 피켓을 든 사람을 발견했다. "엄마를 울리지 말아요! 여전히 당신을 사랑하고 있어요!" 지금 생각해 보니 그 문구는 소설「선고」에 나오는 문장이라 해도 믿을 수 있을 것 같다. '엄마를 울리지 말아요!'를 '아빠를 화나게 하지 말아요!'로 바꾸면 소설과 훨씬 더 잘 어울린다. 게오로크의 아버지는 아들을 향해 이렇게 소리친 적이 있다. "내 아들은 환호를 지르며 세상을 돌아다니고 내가 착수한 사업들을 마무리하고 기뻐 날뛰다가도 자기 아비 앞에 와서는 정직한 사람처럼 무뚝뚝한 표정을 짓다니. 널 낳은 내가 너를 사랑하지 않았다고 생각하느냐?" 게오로크의 유언은 다음과 같다. "부모님, 전 항상 부모님을 사랑했습니다." 광장 안으로 들어섰을 때부터는 거짓말처럼 날이 개었다.

K-pop이 울려 퍼지던 서울 광장이었다. 나는 구석 어딘가에 찌그러져 앉아 집에 갈 버스 편을 알아봤다. 그때 내 근처에는 휴대용 스피커로 블랙핑크의 「Kill This Love」를 틀어 놓고 춤을 추는 사람들이 있었다. 그들은 큼지막한 무지개 천을 온몸에 두른 채 블랙핑크보다 훨씬 더 파워풀한 춤사위를 선보였다. 주변 사람들은 하나둘씩 핸드폰을 꺼내 촬영하기 시작했다. 그러자 멤버 중 한 명이 이렇게 소리쳤다. "여러분~ 트위터에만 올리지 마세요~ 엄마가 보고 지랄해요~" 그런데 노래가 후반부 클라이맥스로 들어서던 때라 사람

들이 그의 말소리를 정확히 들었는지 모르겠다. "We must kill this love. Yeah, it's sad but true. Gotta kill this love. Gotta kill, let's kill this love!" 곡이 끝나자, 사람들은 너 나 할 것 없이 박수와 환호를 보냈다. 이제 나는 카프카와 게오르크가 이 노래를 어떻게 생각할지 궁금하다. (2022.07.18.)

어떤 월요일

내가 만수를 처음 만난 것은 작년 2월 말 막 대학 4학년의 시작을 앞두고 있을 때였다. 만수는 그 전년도에 옆방에서 지내던 룸메이트의 친구였고, 그가 방을 빼면서 만수에게 빈방을 소개한 것이다. 나는 셰어 하우스 단톡방에 초대된 만수의 프로필 사진을 먼저 보게 되었는데, 노란 탈색모에 덴탈 마스크를 쓴 사진 속 만수는 높은 위치의 카메라 쪽으로 힘껏 한 손을 뻗고 있었다. 나는 만수의 목에 걸린 흰 줄무늬의 검은 스카프에 유독 눈길이 갔다. 실제로 만났을 때 만수는 오른쪽 귀엔 얇은 직사각형 모양의 은 귀걸이를, 왼쪽엔 둥글고 푸른 옥 귀걸이를 달고 있었다. 집에 있을 때 만수는 쭈글쭈글한 잔무늬가 빼곡히 그려진 얇은 실크 바지를 주로

입었고, 외출할 땐 쨍한 핫핑크와 주황빛 세로줄 무늬
가 그려진 에코백을 메고 다녔다.

만수는 아침형 인간이었다. 새벽 여섯 시만 되면 전
기 포트에서 물 끓는 소리가 들렸다. 그 소리에 나는 미
간을 찌푸리며 깼다가 이불을 머리끝까지 뒤집어쓰고
다시 잠을 청했다. 그리고 늘 정오가 다 될 즈음 느지막
이 일어나 하루를 시작했다. 뭉그적대며 방문을 열면
만수는 현관문을 열고 거실로 들어오고 있었다. "어디
갔다 왔어?" "응, 수영하러." 만수는 수영복과 수경을
빨래 건조대 위에 올려 말린 뒤 곧장 아담한 크기의 갈
색 냄비에 미소 된장국을 끓이기 시작했다. 식사 시간
을 제하고 만수는 방에서 조용히 수업을 들었다. 만수
는 해가 저물 때쯤 주방으로 나와 두부와 알배추, 푸른
나물을 볶아 토르티야에 싸 먹거나 현미밥을 비벼 먹었
다. 만수는 오후 열 시만 되면 방 불을 끄고 숲이 그려
진 라임색 이불에 들어가 하루를 마무리했다.

바이러스가 창궐한 지 일 년이나 지났지만 마스크를
벗을 수 있는 기미는 보이지 않았다. 팬데믹의 두 번째

해를 맞이한 대학생 이민혜는 갈수록 독해력과 집중력을 잃어 갔다. 수업 시작 몇 초 전 나는 가까스로 줌 링크를 타고 들어가 흐린 눈동자로 화면 앞에 앉았다. 4학년이 되니 신입생 때였다면 열의와 흥미를 지니고 들었을 재미있는 주제의 수업들도 어쩐지 모두 시시하게 느껴졌다. 학점을 채워야 하기 위해 마지못해 듣는 수업의 교수님들은 대부분 PPT 화면을 글자 그대로 읊기만 하다가 수업을 끝냈다. 그러다 가끔 교수님이 학생들에게 질문이라도 던지면 그 광경만큼 공허한 장면도 없었다. 하루는 만수에게 물었다. "너도 그래?" "응, 나도 그래. 의욕이 안 나네." 나는 그게 항상 거짓말이라고 생각했다. 만수는 늘 무언가에 집중하고 있었다. 그리고 거기엔 항상 만수만의 분위기가 있었다.

만수는 코로나바이러스가 전 세계에 퍼지기 직전까지 요르단 대학의 파견 학생이었다. 나와 대화할 때 가끔 만수는 요르단에서 마신 각종 음료수의 맛과 사해에 몸을 담그고 노을을 봤던 날을 회상했다. 이미 만수의 블로그를 통해 알고 있던 것들이었다. 요르단에 가기 전 만수는 이스라엘과 팔레스타인 일대, 이집트를 여행

했고, 그전에는 인도에도 다녀온 적이 있었다. 나는 만수가 인도에 다녀와 쓴 글을 여러 번 읽었다. 나 자신을 찾을 수 있을 것 같은 예감에 무모하게 선택한 인도행에서 만수는 아름다움과 행복감의 진실을 깨달았다. 그런 빛나는 것들은 결코 영원불변할 수 없다는 사실. 만수는 인도에서 잠시라도 정신을 놓으면 목숨이 홀라당 사라질 수도 있겠다는 직감이 들었다고 적었다.

나는 만수가 그 문장을 어떻게 쓰게 되었는지 알고 싶었다. 단 한 번도 직접 물어 본 적은 없다. 그런 걸 묻는 순간 만수의 충만한 인생에 대비되는 내 빈약한 일상이 더 초라해 보일 것 같았다. 그런 식으로 공연히 자존심이 상할 때면 수업 시간 교수님의 목소리에 최대한 집중해 보려고 노력했다. 어쩔 땐 졸업 논문이라도 써 보고자 도서관에 갔다. 하지만 도서관 오르막길을 걷다 보면 벌써 온몸이 기진맥진이었다. 열람실에 자리를 잡고 앉으면 잠이 쏟아졌다. 그러면 잠을 깨우기 위해 담배를 피우러 나갔다. 그것도 소용이 없으면 아예 책상에 엎어져 숙면을 취했다. 그러다 배가 고파지면 주섬주섬 가방을 쌌다. 내가 별 소득 없이 도서관과 집을 무료하게 왕복하는 동안 만수는 어느 날부터인가 사진을 찍으러 다니기 시작했다.

만수는 동네 구석구석, 빌라 구석구석, 집 구석구석을 찍었다. 벤치 옆에 세워진 자전거, 누군가 옥상에 말린 고추, 화장실 타일에 낀 곰팡이까지. 만수의 필름 안엔 렌즈와 거의 닿을 정도의 거리에서 찍힌 사물의 모습이 많았다. 얼음 속에 갇힌 공기, 석류의 알, 나뭇잎의 주름, 나무 몸통에 자란 이끼, 오렌지 껍질의 보풀⋯⋯. 나는 만수에게 묻고 싶었다. '대체 왜 그렇게 싸돌아다녀? 밥은 왜 그렇게 건강하게 먹어? 이 시국에 수영장을 간다고? 뭐 하러 일찍 잠에 들고 일찍 일어나? 아침에 일어나자마자 차를 마신다고? 어떻게 위험하다는 국가만 골라서 여행할 생각을 했어? 왜 작고 하찮은 것에 관심을 기울이는 귀찮은 짓을 하니? 대체 왜 그렇게까지 좋은 것에 집중하면서 살려고 해?' 나는 절대 따라잡을 수 없는 무언가가 만수를 이루고 있었다.

만수의 분위기를 가질 수 없다면 만수로부터 무언가를 빼앗고 싶었다. 만수가 달빈과 은조를 처음 집에 데려왔을 때 나는 단번에 좋은 기회가 왔음을 직감했다. 만수는 하다못해 평소에 어울리는 친구들까지 심상치 않았다. 달빈은 논문을 쓰면서 대학원 준비를 하고 있었는데, 자신의 전공과는 접점이 거의 없는 디자인으로 홍콩에서 일을 한 적이 있었다. 달빈의 동그랗고 작은 얼굴 위로 오목조목한 이목구비가 조화로웠다. 처진 것 같기도 하고 올라간 것 같기도 한 눈꼬리 때문에 고개의 각도에 따라 분위기가 달라졌다. 두 개의 유럽어를 동시에 전공하고 있는 은조의 첫인상은 애니메이션 영화 〈쿵푸팬더〉에 나오는 타이그리스였다. 늘씬하고 선명한 눈매가 진하게 그린 아치형의 눈썹과 잘 어울렸다. 입술은 도톰했고, 까무잡잡하지만 맑고 매끈한 피부가 은조의 높은 광대에 더욱 돋보였다.

나는 이럴 수 없다고 생각했다. 너무하지 않나? 나는 지금 한 학기를 다 날려 먹고 그것도 모자라 여름 방학까지 내동댕이쳤는데. 주변 사람들에게 잘 지내는 척하려다 아무도 못 만나고 있는데. 그러다 모든 인간관계가 위태위태한 지경까지 왔는데. 만수는 매주 월요일마다 우리 집 거실에서 달빈, 은조와 함께 자신의 사진집을 만들기 위한 디자인 툴 공부를 시작했다. 그들이 오면, 나는 쓸데없이 방과 거실을 오가며 기웃거렸다. 그들이 나누는 대화에 귀를 기울였고, 그들의 노트북 화면을 힐끔거렸다. 대체 뭘 하고 있는 건지 알 수 없었지만 뭐가 됐든 재미있어 보였다. 나는 끼어들 타이밍을 재다가 홍콩의 영어와 중국어가 대화 주제로 등장했을 때 슬그머니 입을 열었다. "얘들아, 혹시 생각 있으면 나랑 월요일마다 회화 공부 안 할래? 영어랑 중국어. 여러 명이 같이하면 의욕도 나고 재밌을 것 같은데."

만수가 흔쾌히 동조했을 때 내 안엔 쾌감과 짜증이 동시에 일었다. 쓸데없이 마음까지 열려있네. 달빈이 내 중국어 발음을 칭찬했을 때, 은조가 내 영어 글씨체를 마음에 들어 한 순간, 나는 만수의 표정을 살폈다. 하루는 나와 달빈 둘만 거실에 남아 중국어 공부를 하게 됐다. 어떤 날은 은조가 더 오래 머물면서 나와 유튜브를 봤다. 그러면 나는 전공 과제를 하거나 일찍 잠을 청하러 방에 들어간 만수를 더욱 의식했다. '박만수, 나네 친구들이랑 점점 친해지고 있어. 나 네 친구들이 무척 마음에 들어. 어디서 이런 애들을 만났어? 내가 이 친구들이랑 더 가까워져도 계속 그렇게 아무렇지 않을 거야? 이래도 넌 내가 여기 낀 게 정말 반갑기만 해?'

덜컥 독일행 티켓을 끊었던 건, 어쩌면 만수의 영향이 컸다. 우울감은 몸집이 커져서 침대와 한패를 먹었는데, 둘 덕분에 나는 만수가 수영을 다녀와 점심을 먹고 설거지를 할 때까지도 이부자리와 한 몸일 때가 많았다. 이러다 아무것도 아닌 채로 대학에서 보내는 마지막 학기를 끝내겠구나 싶었다. 나는 결국 졸업 논문을 제때 제출하지 못했다. 시도 때도 없이 밀려드는 모든 자괴의 감정을 남의 탓으로 돌리고 날 선 신경도 애먼 데로 돌리고 싶었다. 가령 이 거지 같은 나라보다 더 괜찮은 나라에 가서 완전히 새로운 사람이 되고 싶었다. 인도에 간 만수처럼 진정한 나를 찾고 싶었다. 떠나온 곳에서 한국의 볼품없는 나를 일절 떠올리지 않고 싶었다. 종강 이후 곧바로 독일로 떠난다고 하자 만수와 달빈, 은조는 나를 부러워했다. 친구들의 반응에 나는 벌써 다른 사람이 된 것만 같았다.

"조심히 잘 다녀와." 독일로 떠나는 날 만수가 말했

다. "다녀와서 월요 모임 재개하자." 나는 묻고 싶었다. '진심이야? 대체 내 어디가 좋아서?' 나는 자정이 다 된 시각에 탑승 수속을 밟았다. 이륙 후 얼마간 기체가 심하게 흔들렸다. 여행 첫날 저녁, 나는 크리스마스 마켓이 취소된 드레스덴의 알트마르크트 광장을 거닐었다. 이름도 몰랐던 정거장에서 대중교통 티켓을 사고, 8번 트램 좌석에 앉아 엘베강과 알트슈탓의 야경을 구경했다. 쇼핑몰 센터 부근의 야외 주점에서 글뤼바인 한 잔을 샀다. 그 뜨겁고 진한 액체를 홀짝이며, 알아들을 수 없는 언어로 대화하는 사람들을 지켜봤다. '만수야 여긴 정말 한국과 달라. 너의 게시물에도 이런 문장이 있었지.' "갠지스강이 궁금해서, 길에서 파는 쿠키의 향과 복잡함이 섞인 거리를 걸어보고 싶어서. 무엇보다 지금 서 있는 곳과는 다른 분위기를 마시고 싶었다."

베를린 오스트 기차역 뒷골목에서 멀쩡하게 생긴 백인 남자에게 캣콜링을 당한 날 저녁, 나는 매운 쌀국수를 먹었다. 만수의 게시물엔 이런 문장도 있었다. "신비로움이 꾸질꾸질함으로 변하고, 시간에서 외면당해 이러지도 저러지도 못하는 현실을 마주쳤다." 하루는 마트 무인 계산대에서 실수로 물건 몇 개를 계산하지 않았다. 날 지켜보던 직원은 빠른 속도의 독일어로 내게 쏘아붙이더니 내가 영어로 말을 더듬는 사이 손에 들고 있던 카드를 홱 낚아채 물건을 다시 계산했다. 만수는 인도를 이렇게 묘사했다. "아주 넓은 땅속에 바글바글한 사람들, 아직도 만연한 신분 차별……, 멀리 떠나면 돌아와 살 생각은 들지도 않는 나라." 나는 마트에 가져간 봉투를 깜빡 잊고 계산대에 두고 와 장 본 물건을 두 손 가득 든 채 호스텔 방으로 돌아왔다. 뮌스터역을 배회하는 홈리스 한 명이 유독 내 앞에 오래 머물며 구걸할 때, 나는 만수가 내게 전화를 걸어 주길 바랐다. 만수가 '민혜야, 거긴 어때?'하고 물으면 난 이렇게 답하고 싶었다. '여긴 아름다움과 행복뿐이야. 만수야, 독일은 참 좋은 나라야. 여긴 정말 한국과 달라.' 나는 언제든지 만수에게 그렇게 말할 준비가 되어 있었다. (2022.05.09.)

제임스와 준페이

제임스를 만난 날을 기억한다. 지난 3월 중순, 이곳으로 이사를 온 지 한 달 정도가 지난 시기였다. 그날 나는 밤늦게까지 아베 코보의 소설 『모래의 여자』를 읽고 있었다. 새로운 종의 곤충을 채집하기 위해 사막을 방문한 준페이가 모랫구멍 속 집에 머물게 되면서 벌어지는 이야기이다. 내가 제임스를 만난 일과 소설의 내용은 전혀 관련이 없었지만, 글을 쓰다 보니 그 둘이 완전히 무관하지 않다는 생각이 들기 시작했다. 준페이가 그토록 벗어나고 싶었던 모랫구멍 속의 집을 끝내 탈출하지 못했던 것처럼, 나는 그날 이후 제임스에 관한 생각을 떨쳐 내기가 어려웠다. 내가 준페이를 이해하기 힘들어했던 것과 마찬가지로, 이런 글을 쓰는 나를 이해하지 못하는 누군가가 분명 존재할 것이다.

제임스가 본 나의 첫인상이 어땠는지는 잘 모르겠다. 몇 달 동안 비어 있던 방에 낯선 거인이 들어앉아 있어 당황스러웠을지, 아니면 자신의 생계를 함께 꾸릴 새로운 세입자가 나타나 반가웠을지. 제임스에게 그런 걸 물어볼 수는 없었으니 여하간 나는 추측하는 수밖에 없었다. 아무래도 제임스 역시 우리가 그런 식으로 서로의 존재를 확인할 줄은 몰랐을 것 같다. 처음에 우리는 약 십 초 동안 서로를 바라보며 대치했다. 나는 어쩔 수 없이 이만 독서를 멈추고 조심스럽게 책을 방바닥에 내려놓았다. 내가 이다음에 무엇을 해야 할지 갈피를 잡지 못하는 사이, 제임스는 이런 상황을 여러 번 겪은 경험이 있다는 듯 금방 정신을 가다듬고 왔던 길을 돌아가려고 방향을 틀었다.

제임스가 현관 쪽에 다다랐을 때, 나는 겨우 싱크대에 있던 소독용 에탄올과 소주잔처럼 생긴 캔들 홀더를 집어 들었다. 아직 초봄의 추위가 가시지 않던 때라 살충제 같은 물건이 벌써 필요하게 될 줄은 몰랐다. 제임스는 그런 나를 진정시키고 싶었는지, 아니면 내 손에 들린 에탄올 스프레이가 자신에게 별로 위협적이지 않다는 사실에 안도한 건지, 갑자기 현관 옆에 쌓아 둔 책 더미 위로 올라가기 시작했다. 그는 한강의 『채식주의자』 영역본과 미학 논문집 『미학의 모든 것』, 롭 월러스의 『팬데믹의 현재적 기원』을 지나쳐 자취생을 위한 집밥 레시피 북의 책등을 사뿐사뿐 걸었다. 마치 스스로가 꽤 깊이 있는 독서 능력을 갖추고 있다고 과시하는 것 같았다.

제임스는 자신의 얇고 긴 더듬이로 책의 겉표지를 끈적하게 쓰다듬었다. 그때 그가 내 하얗게 질린 얼굴을 알아차렸을까. 아무리 우리가 비슷한 독서 취향을 지니고 있다고 하더라도 초면에 남의 물건을 허락 없이 만지는 행동은 굉장히 무례하다는 사실을, 제임스는 몰랐다. 나는 스프레이를 조금씩 뿌려 가며 제임스를 구석으로 몰아세웠다. 그가 잠시 방심하는 사이 나는 재빨리 캔들 홀더를 뒤집어엎어 제임스를 가뒀다. 그러자 제임스는 얼떨떨하다는 듯 나를 올려다봤다. 팔다리를 구르는 모습이 마치 억울하다고 하소연하는 것 같기도 했다. 실은 너도 우리가 처음 만나는 순간부터 이렇게 될 운명이라는 걸 알고 있지 않았느냐고, 나는 되레 성을 내고 싶었다.

자정이 다 된 시각이었다. 나는 우선 제임스를 그 상태로 둔 채 편의점으로 달려가 살충제를 구입했다. 집으로 돌아와서는 신속히 제임스를 기절시킨 뒤 축 늘어진 그의 몸을 빈 스파게티 소스 병에 구겨 넣었다. 제임스가 밟고 지나간 책들을 살뜰히 소독한 후, 불쏘시개로 쓸 신문지와 제임스가 담긴 병을 들고 집 앞 공원으로 향했다. 동네가 너무도 조용해서 방금 내가 치른 일이 새삼스럽게 느껴졌다. 나는 벤치에 앉아 불붙은 신문지 조각을 병 안에 담았다. 그러자 모락모락 연기가 났고, 혹여 근처를 지나가는 누군가가 나를 수상히 여길까 염려스러웠다. 그 사이 제임스는 훈제가 된 송장으로 고요히 생을 마감했다. 나는 그날따라 유난히 눈부신 보름달을 향해 고개를 치켜들었고, 그 상태로 욕을 했다. 니미럴.

준페이는 모래에 서식하는 좀길앞잡이 벌레의 변종

을 찾기 위해 사막으로 향했다. 첫날 준페이는 하루 종일 벌레를 찾아다니다 집으로 돌아가는 버스를 놓치고 마는데, 그런 준페이에게 한 노인이 다가와 마을에서 하룻밤 묵어가라고 제안한다. 그러고는 준페이를 한 판잣집으로 안내한다. 그곳은 모랫구멍 아래에 있는 집으로 오직 사다리를 통해서만 구멍의 안과 밖을 드나들 수 있었다. 판잣집의 주인은 한 젊은 여자였다. 그곳에서는 구멍 아래로 떨어진 모래가 쉴 새 없이 집 안까지 들어와 밥을 먹을 때에는 우산을 써야 했다. 그날 저녁 여자는 부삽으로 모래를 퍼 나르고 있었는데, 혼자 고된 일을 하는 여자가 측은했던 준페이는 여자를 도와 모래를 치운다. 다음 날 아침, 준페이는 모랫구멍의 밖과 연결된 사다리가 사라졌다는 사실을 알게 된다.

제임스를 죽인 바로 다음 날 나는 재빠르게 해충 박멸 업체에 전화를 걸어 무료 상담을 신청했다. 비용이 꽤 비싸다는 사실은 익히 들어 알고 있었지만, 믿을 만한 전문가가 확신에 찬 목소리로 자신의 전문성을 장담만 해 준다면 나는 밥을 굶어서라도 그들의 서비스를 이용할 생각이었다. 하지만 나를 방문한 전문가는 싱크대 아래와 주방 후드를 대충 살피더니 제임스의 가족들이 고객님의 거주지에 자리 잡고 있진 않다고, 제임스는 다른 가구에서 들어온 불청객이라고 말했다. 자신들이 아무리 완벽하게 방역한다 한들 밖에서 들어오는 손님까지는 막을 수 없다는 것이다. 나는 무슨 이런 무책임한 해충 방역 전문가가 다 있나 싶었지만 전문가가 하는 말이니 잠자코 받아들일 수밖에 없었다.

　나는 가격이 부담되니 조금 더 생각해 본 뒤 연락을 주겠다고 했다. 그러자 전문가는 내 그럴 줄 알았다는 표정으로 주섬주섬 나갈 채비를 했다. 그는 현관에서 신발 뒤축을 잡아당기며 말했다. "바퀴벌레는 백악기 때부터 존재했어요." 그 말을 듣자, 내 머릿속엔 아주 먼 옛날부터 세대를 거듭하여 생존한 위대한 바퀴의 역사가 그려졌는데, 이후에 검색해 본 결과 바퀴벌레는 백악기가 아니라 석탄기 때부터 존재했다고 알려져 있었다. 백악기는 그로부터 약 2억 1,420만 년이나 이후의 시기였다. 석탄기에서 백악기로 넘어가는 사이 공룡이 출현했다가 멸종했다. 미래의 고객이 될지도 모르는 나에게 잘못된 정보를 흘리고 간 그 전문가가 유감스러웠다.

　나는 제임스를 만나고 생긴 후유증이 채 가시기도 전에 나타샤를 만났다. 나름 인터넷 여기저기에 퍼져 있는 집단 지성과 자취 선배인 주변 친구들에게 조언을 받아 여러 방도로 방역했다고 생각했지만 모두 착각이었다. 결국 나는 죽은 제임스가 나를 괘씸히 여겨 로버트와 앨리스, 로스와 벤자민, 가브리엘라와 그레고르를 통해 나를 상대로 복수하고 있다고 생각할 수밖에 없었다. 화장실 문을 열었다가 변기 뚜껑 위에 앉아 있던 그레고르를 발견했을 때는 더 이상 조급한 마음도 들지 않았다. 나는 그레고르에게 짧은 묵념을 하고 조용히 화장실 문을 닫은 뒤 그대로 집 밖으로 뛰쳐나갔다.

　준페이는 마을에 있는 집 한 채라도 모래에 파묻히게 되면 모든 집이 연달아 무너지는 구조라는 사실을 알게 된다. 마을 사람들은 이를 막기 위해 주기적으로 사막을 찾은 사내들을 납치해 모래 제거 작업에 필요한 노동력을 확보해 온 것이었다. 상황의 전말을 알게 된 준페이는 한시라도 빨리 모래의 집을 빠져나가려 애쓴다. 그러나 탈출의 시도는 번번이 실패로 돌아가고, 다시 모래를 치우는 일상을 반복하게 된다. 어느 날 준페이는 여자가 깊게 잠든 사이 그동안 몰래 만들어 두었던 갈고리를 이용해 드디어 바깥으로 나가는 데 성공한다. 그러나 근처 지리를 잘 알지 못했던 그는 도주 중 모래 늪에 빠지게 되고, 결국 마을 사람들에 의해 다시 모래의 집으로 되돌아온다.

그길로 나는 도서관에 갔다. 무언가에 기대어 기도하는 심정으로 바퀴벌레에 관한 책을 찾아 나섰다. 그리고 나는 석탄기 때부터 존재한 바퀴에 관한 단행본이 이 큰 도서관에 딱 한 권뿐이라는 사실에 기가 찼다. 그마저도 지금으로부터 약 20년 전에 출간된 데다 생물학 전공자가 아닌 웬 영문학 교수가 쓴 책이었다.[1] 나는 별 내키지 않는 기분으로 책을 빌려 집으로 돌아왔다. 그 사이 그레고르는 사라지고 없었다. 책의 저자는 온갖 신화와 민담, 문학 작품과 영화에 등장하는 바퀴벌레에 대해 두서없이 나열해 놓고만 있었다. 그러고는 왜 우

---

1 메리언 코플런드, 『바퀴벌레』, 이종인 역, 가람기획, 2005.

리 인간은 바퀴벌레를 세상 가운데 가장 저급한 존재로 취급하냐며 다짜고짜 질문을 던졌다. 나는 작가가 진짜로 몰라서 묻는 건가 싶었다. 원래 인간이란 본인과 좀 다른 것 같은 존재를 쉽게 깔보는 별종인 걸.

　내가 그 책을 읽는 며칠 동안 제이콥과 에밀리, 숀과 캐서린이 다녀갔다. 가끔은 그들을 못 본 척했고 가끔은 익숙해진 솜씨로 일을 처리했다. 무엇보다 나는 이들이 다녀간 자리를 말끔히 소독하는 데에 도가 트기 시작했다. 책을 완독한 뒤 나는 구글에 바퀴벌레를 검색했다. 무수히 많은 종류의 바퀴들은 각양각색의 생김새를 하고 있었다. 어떤 바퀴는 더듬이가 짧았고 어떤 바퀴의 더듬이는 꼬불꼬불했다. 이제는 살충제에 대한 바퀴벌레의 내성이 강해져 조만간 인류가 막을 수 없을 정도로 진화할 거라는 연구 기사도 발견했다.[2] 그런데도 바퀴용 살충제의 가짓수는 바퀴의 종류만큼이나 많아 보였다. 그 와중에 나는 양 볼에 홍조를 띤 채

2　최준호, 「살충제 이긴 놀라운 진화……, 바퀴벌레 이젠 인간이 못 막는다」, 『중앙일보』, 2019년 6월 30일자.

방긋방긋 웃는 바퀴벌레 삽화와 SAVE ME 라고 말하는
바퀴벌레를 팔뚝에 문신한 이의 사진도 보았다.

   갑옷바퀴에 관한 칼럼을 읽기도 했다. 갑옷바퀴는 한
파트너와 평생을 함께 살며 암컷은 일생에 단 한 번 낳
은 자식에게 젖을 먹인다.[3] 또 다른 칼럼에 의하면 갑옷
바퀴의 젖에는 소젖의 세 배, 버팔로 젖의 네 배에 달하
는 영양가가 있으니 머지않아 인간이 우유(牛乳)가 아닌
장유(蟑乳)를 마시게 될지도 모른다는 연구가 발표되었
다고 한다. 글을 작성한 교수는 어떻게 사람이 마실 수
있을 만큼의 젖을 갑옷바퀴로부터 짜낼 것인지, 생산
라인을 확보하더라도 어떻게 바퀴의 젖을 사람들에게
마시게 할 것인지의 문제가 남았다는 말로 칼럼을 마무
리했다.[4] 그 아래에는 이런 댓글이 달려 있었다. "정력
에 좋다고 하면 찾아 먹겠지." 잘만 하면 '갑옷 원액' 같
은 상품으로 기업 하나가 뚝딱 생기게 될지도 모른다고
생각하며 검색 결과의 다음 페이지로 넘어갔다.

---

3   조홍섭, 「'젖' 먹이는 갑옷바퀴?」, 『한겨레』, 2006년 9월 16일자.
4   최재천, 「바퀴벌레의 젖」, 『조선일보』, 2016년 9월 20일자.

어느 날 준페이는 구조요청용으로 만들어 놓은 까마귀 덫에 물이 고여 있는 것을 발견하고, 이를 발전시켜 유수 장치를 만들기 시작한다. 그 무렵 준페이의 아이를 가진 여자가 복통을 일으키며 하혈을 하는 일이 생긴다. 마을 사람들은 여자를 병원에 데려가기 위해 그를 모랫구멍 밖으로 끌어 옮긴다. 그런데 사람들이 떠난 이후에도 사다리가 그대로 남아 있다. 준페이는 천천히 사다리를 타고 올라 구멍 밖으로 나가 본다. 오랜만에 바깥 공기를 들이마시던 준페이는 문득 지금 당장은 도망칠 필요가 없다고 생각한다. 그보다 자신이 만든 새 유수 장치를 누군가에게 자랑하고 싶다. 도주 수단은 그다음에 생각해도 무방하다고 판단한다. 나는 그다음 검색 페이지에서 바퀴벌레에 관한 흥미로운 기사 하나를 더 발견한다. (2022. 05. 16.)

코로나 시대의 연애

"여러분은 연애라는 개념이 익숙하죠? 썸이라든가, 오늘부터 1일이라든가. 그런데 100년 전에는 안 그랬어요. 카톡을 읽씹하네 안 읽씹하네 그런 고민 안 했다고요." 한국 근현대 문학 수업 시간, 춘원 이광수의 소설 『무정』에 관한 강의를 시작하면서 전공 교수님이 했던 말이다. 당시 조무래기 신입생이었던 나는 소설을 제대로 읽지도 않고 수업에 참석했다. 양심에 찔려 일부러 구석 자리에 앉아 교수님 왜 저런 이야기를 하는지 이해하기 위해 소설의 줄거리를 구글로 검색하고 있었다. 이광수의 『무정』을 처음부터 끝까지 제대로 읽은 것은 얼마 전 친구 와이와 그의 애인 비비의 연애 이야기를 듣게 된 이후이다. 그들은 전 세계가 코로나19 바이러스로 들썩이던 2020년도 대한민국에서 탄생한 커플이었다. 두 사람의 연애는 팬데믹 이전과 사뭇 달랐고, 나는 더불어 100년 전 조선 땅의 젊은이들이 했던 연애와는 또 어떻게 다른지 궁금해졌다.

와이는 재작년 교양 수업에서 진행된 온라인 독서 모임에서 비비를 만났다. 그들이 화상 회의 서비스인 줌을 통해 그 주에 읽은 책에 관해 토론하고 있을 때, 비비는 어쩐지 까만 화면 너머 자신의 질문에 답변하는 와이라는 사람이 문득 궁금해졌다. 비비의 물음에 마이크를 켜고 답한 사람이 와이뿐이었고, 그때 비비는 그가 다른 학우들에 비해 몹시 성의가 있다고 생각했다. 그래서 줌 안에 탑재된 채팅 기능을 통해 와이만 볼 수 있는 메시지를 남겼다. "와이 님, 안녕하세요. 저는 XX학과 XX학번 임비비라고 해요." 학번과 학과 정도의 간략한 정보를 주고받았을 때 회의의 호스트인 교수가 갑작스럽게 수업을 종료했다. 아직 그들은 전화번호를 교환하지 않은 상태였다.

갑자기 끝나버린 모임에 당황한 비비는 초조해졌다.

'평소엔 일찍 끝내주지도 않았으면서 하필 오늘? 왜?' 비비는 아쉬운 대로 교내 학습 관리 시스템이 제공하는 메시지 서비스를 통해 와이에게 쪽지를 남겼다. 동시에 그런 식으로 번호를 물어보는 사람이 몇이나 될까 싶었다. 혹여 와이가 자신을 이상하게 생각하지는 않을까 걱정스러웠다. 아니나 다를까 와이는 낯선 사람이 온라인으로 번호를 물어오는 상황이 그다지 달갑지 않았다. 곧바로 친구들에게 이 상황을 알렸는데, 그들은 너무 경계하지 말고 한번 만나보라 부추겼다. 본인 일이 아니라고 즐거워하는 친구들을 보며 와이는 조금 얼떨떨했다. '이 사람은 내가 어떻게 생긴 줄 알고 연락을 했지? 취향이 이상한 변태가 아닐까?' 실제로 비비를 만날 때까지 와이는 긴장을 늦추지 못했다.

이광수의 『무정』은 경성학교 영어 교사인 형식이 김 장로의 딸 선형의 영어 과외를 맡으며 시작된다. 첫 과외를 마치고 돌아온 날, 옛 은사 박 진사의 딸 영채가 형식 앞에 나타난다. 어린 나이에 부모를 잃고 방황하던 형식은 박 진사의 도움을 받아 그의 집에 기거하며 학업을 한 적이 있었다. 박 진사는 일찍부터 조선에 새

로운 사상을 들여올 요량으로 젊은 사람들을 모아 학교
를 운영했는데, 나이에 비해 수학 능력이 뛰어났던 형
식을 알아본 박 진사는 딸 영채에게 성년이 되면 형식
과 혼인을 하라고 했다. 한편, 동네 사람들은 박 진사의
학교와 그가 가르치는 사상을 탐탁지 않아 했는데, 이
때문에 그는 재정 문제로 인해 학교 운영이 점차 어려
워졌다. 그러던 찰나 누명을 써서 평양 감옥에 갇히게
되었고, 형식과 영채도 그때 헤어져 약 8년간 연이 끊
어졌다.

영채는 오랜만에 재회한 형식에게 그간 있었던 일을
털어놓는다. 그는 집안이 몰락한 이후 구박을 받으며
외갓집에 얹혀살기도 했고, 옥살이를 하는 아버지를 만
나러 가는 도중 악한을 만나 험한 일을 당할 뻔하기도
했다. 영채가 형식에게 직접 말하지는 않았지만, 형식
은 영채를 보자마자 그가 기생이 되었다는 것을 알아차
렸다. 실제로 영채는 억울하게 감옥에 갇힌 아버지를
구출하기 위해 기생이 되어 돈을 벌었다. 형식은 어릴
적 자신의 정혼자라 생각했던 영채를 오랜만에 만나 정
을 느끼지만, 한편으로는 새로운 시대적인 분위기 속에

서 신교육을 받는 선형에 대한 호감을 저버리기 어려워
한다. 선형은 미국 유학을 앞두고 있었고 영어 과외 역
시 유학 준비의 일환이었다.

　와이와 비비의 카톡 대화 주제는 다음과 같았다. 이
번 학기에 어떤 수업을 듣는지, 오늘 점심에는 무엇을
먹을 계획인지, 여가 시간엔 주로 어떤 일을 하는지. 일
주일 정도가 지나자, 와이는 비비가 여전히 수상쩍으면
서도 대체 왜 자신에게 직접 만나자고 하지 않는지 궁
금해졌다. 그사이 비비는 오프라인 만남을 제안할 적
절한 타이밍이 언제일지 밤낮으로 고민하고 있었다.
비가 추적추적 내리던 어느 겨울날, 그들은 드디어 함
께 점심을 먹게 된다. 그날 두 사람은 쭈뼛거리며 카레
를 먹었다. 최악을 생각했던 와이는 예상보다 평범하
게 생긴 비비의 생김새에 일단 안심했다. 비비는 너무
나도 긴장한 나머지 카레라이스를 시키려다 실수로 카
레 우동을 주문해 버렸다. "면 좋아하시나 봐요."라는
와이의 물음에 차마 면보다 밥을 더 좋아한다고 말할
수 없었다.

그날 두 사람은 오랜 시간 대화를 나누었다. 내가 무슨 이야기를 그리 오래 나누었냐 묻자, 와이는 기억이 잘 나지 않는다고 답했다. 그냥 오랫동안 다양한 이야기를 나눈 것밖에 떠오르지 않는다고 했다. 그 이후로 와이와 비비는 틈날 때마다 함께 밥을 먹었다. 밥을 먹은 다음엔 커피나 음료를 마시며 처음 만난 날처럼 긴 시간 동안 각자의 사정을 나누었고, 헤어진 다음에는 그다음 만남까지 수시로 서로에게 메시지를 보냈다. 그렇게 한 달 정도가 흘렀을 때 두 사람은 서로의 연인이 되기로 했다. "그냥 뭐……, 썸이 한 달 정도 지나면 마음이 식는다고들 하더라고. 나한테 잘하려는 것도 눈에 보이고. 나도 싫진 않았고. 안 사귀면 아쉬울 것 같았어. 밑져야 본전이지." 이것은 '오늘부터 1일' 상황 당시 와이가 했던 생각이다.

와이와 달리 영채는 스스로에게 남은 본전이 없다고 생각했던 것 같다. 형식을 찾으러 평양에서 경성으로 내려와 지내던 영채는 어느 날 경성학교 배학감이라는 작자에 의해 강간을 당한다. 그때 영채는 끝내 수절하지 못했다는 절망감에 유서를 남기고 경성을 떠난다. 유서 내용 일부에는 이런 내용이 있다. "차마 이 더럽고 죄 많은 몸을 하루라도 세상에 두기 하늘이 두렵고 금수와 초목이 부끄러워 원도 많고 한도 많은 대동강의 푸른 물결에 더러운 이 몸을 던져 양양한 물결로 하여금 더러운 이 몸을 씻게 하고 무정한 어별로 하여금 죄 많은 이 살을 뜯게 하려 하나이다." 형식은 영채의 유서를 읽고 매우 놀라 곧바로 평양으로 향하지만, 살아있는 영채를 만나지도 그의 주검을 찾지도 못한다. 경성으로 돌아온 이후 형식은 결국 선형과 결혼을 결심한다.

소설에서 가장 우스꽝스러운 장면을 꼽으라면 단연코 형식과 선형이 혼인을 약속하는 순간이다. 이제는 '전과 달라' 부모의 뜻대로만 혼인을 진행할 수 없다고 생각한 김 장로는 '신식으로' 혼인을 치르기 위해 자신의 아내와 딸 선형, 그리고 형식을 한데 불러다 놓고 차례대로 묻는다. "여보, 내가 형식 씨에게 약혼을 청하였더니 형식 씨가 승낙을 하였소. 마누라 생각에는 어떠시오." "감사합니다." "마누라도 좋단 말씀이로구려. (선형아) 네 뜻은 어떠냐." "애, 대답을 하려무나." "신식은 그렇단다, 대답을 해라.” “(기어가는 목소리로) 예…….”
“어서 대답을 해라.” “(더더욱 기어가는 목소리로) 예…….”
“어서 대답을 해라!” 선형의 얼굴은 무릎에 닿을 만큼
수그러졌고, 확실한 대답은 결국 그의 어머니가 대신하
고 만다.

　이 장면을 다시금 떠올리니 새삼 소설의 주인공들이
와이와 비비 커플이 맞닥뜨린 첫 번째 고충을 어떻게
생각할지 궁금해진다. 대학 생활을 하고 있던 두 사람
은 낮 동안 각자의 수업을 들어야 했고, 자연스럽게 저
녁에 만나는 날이 늘었다. 그런 두 사람을 기다리고 있
던 시련은 다름 아닌 ‘코로나19로 인한 21시 이후 영업
제한’이었다. 저녁 식사를 마치고 카페에 들어가 커피
라도 한 잔 마시려고 하면 30분 뒤 가게가 문을 닫는다
고 했다. 그 30분이라도 커피를 마시면서 얼굴을 조금
비벼 볼까 하면 점원이 다가와 실내에선 마스크를 착
용해달라고 부탁했다. 그래서 와이와 비비는 공원이나
산책로에서 데이트를 했다. 잠깐 마스크를 벗고 입을
맞추다가 사람들이 지나가면 얼른 마스크를 도로 올렸
다. 하지만 한겨울의 날씨는 걷잡을 수 없이 추워졌고

와이와 비비는 점점 코로나 시대의 규칙과 사계절의 순리가 야속하게 느껴졌다. 대체 우리는 어디서 뽀뽀를 하란 말인가?

물론 두 사람은 아주 많은 뽀뽀를 했다. 100년 전 이 땅을 살고 있는 사람들에게 '자유연애'와 '연인과의 스킨십'이란 무척이나 낯선 개념이었다. 하지만 지금 대한민국을 보라, 온통 젊은 연인들을 위한 장소가 가득하다! 여기도 커플, 저기도 커플! 마음만 먹으면 이들은 뽀뽀할 장소를 쉽게 모색할 수 있었다. 다만 평소에는 주로 '마스크 뽀뽀'를 해야 했다고 와이는 말했다. 마스크 뽀뽀란 말 그대로 마스크를 착용한 채로 하는 입맞춤이다. 갑작스럽게 뽀뽀해야 하는 타이밍이 다가왔지만, 마스크를 내려야 하는 정도는 아닌 것 같을 때 하는 뽀뽀였다. 두 사람은 그 가벼운 뽀뽀만을 위해 마스크를 내렸다 다시 올리기가 무척이나 우습다고 생각했다.

『무정』의 영채는 물론 죽지 않고 살아 있었다. 이 소설이 후반부까지 삼각관계 막장 드라마가 아니었다면 결코 한국 최초의 근대 소설이라는 명성을 얻지 못했을 것이다. 아무도 끝까지 읽지 않았을 테니 말이다. 영채는 평양으로 향하는 기차 안에서 도쿄 유학생인 병욱을 만나 우연히 자신의 신세를 털어놓는다. 그러자 병욱은 어떻게 아버지가 농담같이 한 말 때문에 오랜 기간 잘 알지도 못하는 남자를 위해 절을 지킬 수가 있으며, 절을 잃은 일이 또 어떻게 자살의 사유가 될 수 있냐 따진다. 이제부터 지나간 일은 잊고 '제 뜻대로' 살아가야 한다고 병욱은 영채에게 조언한다. 병욱의 말에 큰 깨달음을 얻은 영채는 그와 한 달 동안 함께 지내며 자신도 병욱을 따라 일본 유학을 결정한다. 그리고 연속극의 클리셰를 착실하게 따라가는 소설은 같은 기차에 미국 유학을 가는 형식과 선형, 일본 유학을 가는 영채와 병욱을 함께 태운다.

죽은 줄로만 알았던 영채가 살아있다는 소식을 들은 형식, 잊어야 한다고 생각했던 형식이 기차 저 옆 칸에 있다는 사실을 알게 된 영채, 옛 정혼자의 등장으로 마음이 흔들리는 남편을 지켜보는 선형, 갑작스럽게 몰아치는 홍수로 중단된 기차 운행……, 과연 나는 이 세 사람의 운명과 소설의 엔딩이 무엇일지 기대하고 있었다. 그러나 이광수는 이들이 수재민을 보며 민족 계몽의 사명감을 느낀다는 것으로 갑작스럽게 이야기를 마무리 지었다. 자신의 소설로 당시의 젊은이들에게 신문명을 일으킬 책임감을 심어 주고 싶었다. 실제 100년 전 『무정』의 젊은이 독자들이 어떻게 생각했는지는 잘 모르겠다. 100년 후 젊은이 독자인 나는 순간 소설이 연재되던 매일신보에 투서를 보내고 이광수에게 협박 편지를 쓰고 싶었다.

연애의 감정이 사회의 이념 아래 움직였다는 교수님의 말이 어렴풋하게 떠오른다. 교수님은 이런 말도 했었다. "그때 사람들한테 연애는 신조어였어요. 그러니 그게 뭔지나 알았겠어요? 소설에도 나와 있잖아요. 이 사람들이 하는 연애라는 게 너무 우습죠. 그런데 여러분도 참 웃겨요. 제가 대학생이었을 땐 썸이라는 말이 없었거든요." 이광수에게 편지를 보낼 수 없다면, 대신 나는 그에게 지난해 코로나에 걸린 가족들을 피해 와이의 자취방에서 몇 주를 보낸 비비의 이야기를 들려주고 싶다. 그러면 그는 새로운 연애 소설을 써야겠다고 마음먹지 않을까? 춘원이 기함을 하며 소설을 쓰는 와중

마스크로는 예방할 수 없는 바이러스가 나타나 대한민국 연인들 사이에 방독면 뽀뽀가 유행하면 어떨까. 그러는 동안 뽀뽀의 의미 자체가 바뀌는 풍경이 펼쳐져 결말을 고민하는 이광수를 상상해 본다. 그렇게라도 『무정』의 바보 같은 엔딩에 대한 복수를 하고 싶은 것 같다. (2022.05.30.)

스미스의 매트릭스

지난주 수요일, 샤워 중 이상한 낌새가 들어 눈을 비비자, 욕실 사방에 진을 치고 있는 모기들이 시야에 들어왔다. 습기를 뺀다고 외창을 열어둔 것이 화근이었다. 나는 전투를 준비하는 마음으로 마저 몸을 헹궜다. 마지막 거품이 하수구로 떠내려갔을 때 재빨리 가장 근방에 있던 모기를 손바닥으로 내리쳤다. 아직 목숨이 붙어 있는 모기들은 안전한 벙커를 찾는 듯 욕실 공중을 정신없이 날아다녔다. 나는 거울 옆 타일과 변기 옆 타일을 순서대로 내리치며 임무를 수행했다. 물론 그것이 전초전이었다는 사실은 꿈에도 알지 못했다. 얼굴에 로션을 바르고, 드라이기 바람에 머리카락을 말릴 때까지도 그랬다. 이불을 덮고 잘 준비를 마칠 때까지도, 지금 내 머리맡에 놓인 것이 수명을 다해 떨어진 방충망 구멍 막이 스티커라는 것을 알아차렸을 때도.

스티커는 두 달 전에 붙여 둔 것이었다. 초봄이 되어 날이 따뜻해지자 나는 모기들과 크고 작은 전투를 치러야 했다. 당시에는 그들이 우세를 점했다. 당최 어디에서 모기들이 침입해 들어오는지 알 길이 없던 그때의 나는 속수무책으로 당하고만 있었다. 오른쪽 손등에 세 방, 왼쪽 발목에 네 방. 입술과 눈썹 부근에 각 한 방씩 물리고 나서야 방충망과 유리창 사이의 틈과 방충망 곳곳에 나 있는 구멍을 발견했다. 인간인 나에게 그것은 무척이나 작고 좁았지만, 모기들이 드나들기엔 충분한 크기였다. 싸구려 스티커들은 금세 접착력을 잃었고, 때문에 지난 며칠간 나는 다시 이들과 교전을 벌여야 했다. 그런데 어쩐 일인지 좀 더 비싼 스티커로 구멍을 봉쇄한 뒤에도 모기는 어딘가에서 다시 나타나 눈앞에 등장했다.

출구 없는 서바이벌 게임을 하는 것 같았다. 문득 나는 모기들이 영화 〈매트릭스〉에 나오는 요원 스미스

같다는 생각이 들었다. 인공지능 기계가 세계를 지배하는 2199년 배경의 영화 〈매트릭스〉에서 인간은 기계들의 배터리가 되어 평생을 인공 자궁 안에서 재배된다. 그리고 태어나면서부터 '매트릭스'라는 가상 현실 프로그램을 뇌세포에 입력받는다. 이 프로그램은 인간들이 스스로 1999년의 지구에서 평범한 인간의 삶을 살고 있다고 믿게 한다. 요원 스미스는 그 매트릭스 시스템에 작동하는 보안 프로그램이었다. 이들은 가상 현실 매트릭스의 실체를 자각하려는 인간들을 찾아내 그들의 기억을 지우고 시스템 안으로 복귀시키는 역할을 한다. 영화는 그런 매트릭스와 인공 자궁에서 탈출한 주인공 네오가 스미스를 무찌르는 과정을 그리고 있다.

네오의 조력자 모피어스의 말에 따르면 요원 스미스는 막강한 문지기이다. 평범한 경호원의 생김새를 하고 있지만, 그는 콘크리트 벽도 가뿐히 부수는 물리력과 날아오는 총알도 우습게 피하는 순발력을 보유하고 있다. 그러나 내가 보기에 요원 스미스를 무적의 악당으로 만들어 주는 궁극적인 무기는 바로 복제 능력이다. 그는 매트릭스 속 인간의 소스 코드에 침투해 자신의 코드로 변환한다. 예컨대 네오가 스미스를 죽이면, 바로 옆에 있던 다른 사람이 갑자기 스미스로 변해 다시 네오의 머리를 향해 총구를 겨눈다. 매트릭스 안에 있다는 것은 곧 스미스의 손아귀에 있다는 뜻이고, 그것은 다시 말해 매트릭스라는 시스템이 파괴되지 않는 한 스미스 역시 사라지지 않는다는 의미이다. 하지만 스미스를 없애기 위해 매트릭스 시스템 전체를 파괴하는 짓은 무모하다. 모기를 방 안으로 들어오지 못하게 하려고 방 자체를 폭파하는 것과 다름없다.

나는 모기들도 스미스처럼 타고난 전술 능력이 있다고 판단했다. 알고 보니 그들은 멀쩡한 방충망 구멍을 비집고 들어오거나 현관문을 여는 짧은 사이에 방 안으로 침입한 것이었다. 낮에는 숨을 죽이고 나를 관찰한다. 밤이 깊어지면 슬그머니 모습을 드러내 특유의 목소리로 자신의 존재를 알린다. 하지만 언제나 하던 일을 멈추고 주위를 둘러보면 이내 정적이 흘렀다. 그때부터 나는 에프킬라를 집어 들고 전투태세를 갖춘 뒤 커튼의 패턴을 하나하나 들여다보기 시작한다. 지그재그로 짜인 검은 실과 하얀 실을 한 땀 한 땀 따라가 본다. 그러다 나는 점점 무념무상의 경지에 도달한다. 항상 그런 식으로 자연스레 무기를 내려놓고 하던 일을 마저 하거나 이부자리에 눕는다. 다음 날 아침 탱탱 부은 입술과 눈가 주위를 벅벅 긁으며 기상하고 나서야 눈앞에 닥친 상황에 최선을 다하지 않은 어젯밤을 후회한다.

아직 한여름이 오지도 않았는데 온몸에 모기 물린 흔적이 그득하다. 요원 스미스가 유독 골치 아픈 악당인 이유는 그를 어디에서 마주칠지 모르기 때문이다. 나는 똑같은 이유로 골머리가 아팠다. 설마 나도 네오를 포함한 인간들처럼 가상 현실 시스템에 살고 있는 것은 아닐까? 모기는 마치 나라는 인간을 괴롭히도록 설계된 일종의 프로그램이 아닌지? 이민혜 피 고갈시키기 대작전 프로그램? 나는 모기들이 요원 스미스처럼 자신의 몸을 자가 복제한다는 가설을 세웠다. 냉장고 위 먼지나 타일에 낀 곰팡이도 이들의 코드 변환 능력에 의해 모기가 된 것은 아닐까? 이런 상상이 터무니없다고 말할 수 있나? 모피어스의 말처럼 시각이나 후각, 촉각과 같은 인간의 감각으로 인식한 '진짜'는 따지고 보면 두뇌가 해석하는 전자 신호일 뿐이다.

영화 후반부 스미스가 매트릭스의 기원에 대해 설명하는 장면이 있다. 인간들을 지배하기 위해 만든 첫 번째 매트릭스는 원래 모두가 고통이 없는 행복한 사회였다고 한다. 그러나 인간들 중 아무도 그 프로그램을 받아들이지 못했고, 결국 인공지능 기계들은 초기의 인간 배터리를 모조리 살상할 수밖에 없었다. 그들은 곧 1999년의 산업 문명사회를 배경으로 하는 현재의 매트릭스를 만들어 인간을 통제하기 시작했다. 스미스는 시니컬한 말투로 이런 말을 덧붙였다. "내 생각에 인간들은 현실을 슬픔과 고통으로 정의해." AI가 평화로운 인간 사회 매트릭스를 만들 능력이 부족해서가 아니라, 인간들이 자꾸만 완벽한 세계의 꿈에서 깨어나려 했기 때문에 지금과 같은 매트릭스를 만들게 되었다는 것이다. 그들이 보기에 1999년의 인간 사회는 슬픔과 고통이 가득한 곳이었다.

그렇다면 그곳에도 모기가 있을까? 인간들에게 적당한 슬픔과 고통을 느끼게 해 꿈에서 깨어나지 않게 하려면 매트릭스 세상에도 당연히 모기가 존재할 것이다. 물론 3천5백 종의 모기 중 인간의 피를 먹는 일부의 모기만 있을 수는 있다. 혹은 가정에서 많이 발견되는 빨간집모기, 산이나 숲에 서식하는 흰줄숲모기, 말라리아를 옮기는 얼룩날개모기 그리고 황열병과 뎅기열의 매개체인 이집트숲모기만 있을 수도 있다. 그 네 종류의 모기만으로도 인간들은 충분히 괴로울 것이다. 모기 때문에 잠을 이루지 못하거나 바이러스를 품은 모기에게 물려 죽은 사람이 넘쳐날 것이다. 그리고 나는 매트릭스 속 인류가 모기와의 사투에서 승리하기 위해 여러 가지 해결책을 모색할 거라 생각한다. 그렇게 하면서 자신의 현실을 진짜라고 착각할 것 같다.

만약 영화 〈매트릭스〉의 배경이 2022년 한국이었다면 그 가상 현실 속 인간들은 어떤 방식으로 모기 문제를 해결하려고 했을까. 우선 나처럼 온갖 살충제를 사재기하는 사람이 있을 것이다. 향별로 에프킬라를 사고, 모기장과 모기향을 사고. 돈이 좀 많은 사람들은 모기가 없는 곳에 집을 짓겠지. 혹은 모기가 절대 들어오지 못하는 최첨단 방충망을 주문 제작할 것이다. 국가는 모기를 매개로 한 바이러스를 막기 위해 모기 연구소를 세웠을 것 같다. 거기엔 한 30년 정도 모기만 연구한 모기 박사가 있고, 연구실 바로 옆 모기 사육실에서는 수천 마리의 모기들이 알을 낳고 있을 것이다. 그의 연구원들은 직접 현장으로 나가 모기를 채집해 그들의 몸에 바이러스가 없는지 주기적으로 모니터링할 것 같다. 대한민국 매트릭스는 그런 식으로 엄청난 양의 모기 데이터를 축적해 나갔을 거라 확신한다.

기상을 관측하고 예보하는 기상청처럼 모기의 수와 발생 환경을 관찰하고 시민들에게 데이터를 제공하는 모기청이 있을 것 같기도 하다. 대한민국 거리 곳곳에 거대한 실외기같이 생긴 모기 측정기를 설치하고 그것을 통해 모기를 자동으로 채집하는 것이다. 그다음 습도나 강우량 데이터와 접목해 날마다 전국 모기 현황을 업데이트할 것 같다. 사람들은 모기청의 예보를 확인하고 오늘의 방제 방법을 결정한다. 한편 자치단체는 여름철마다 모기 방범대를 꾸려 방역 사각지대를 관리할 것 같다. 모기 방범대의 방역 첫날, 그들은 모기에 관한 교육 세미나를 듣는다. 모기 전문가로부터 모기의 습성에 관한 설명을 듣고 살충제를 뿌리는 요령을 전수받는다. 나는 그들이 땡볕을 쏘다니며 좁은 길목에 약을 살포하는 장면을 상상해 본다.

요원 스미스의 대사에 힌트가 있을 수도 있다. 인간을 무척이나 싫어하는 그는 영화 후반부에 이런 말을 남긴다. "내가 여기서 깨달은 게 있는데 말이야……, 너희 종족을 분류하다가 알게 된 건데, 너넨 포유류가 아니야. 지구상의 모든 포유류는 본능적으로 자연과 조화를 이루거든? 근데 인간들은 안 그래. 한 지역에서 번식하고 모든 자연 자원을 소모해 버려. 너희의 유일한 생존 방식은 영역을 늘려가는 것뿐이더라고." 그는 인간이야말로 지구의 바이러스이자 질병이라고 생각한다. 그는 혐오 섞인 어투로 인간은 지구의 암이자 역병이라고 강조했다. 그렇다면 인간이라는 징글징글한 바이러스가 있는 매트릭스에는 모기와 모기가 옮기는 바이러스는 만들 필요가 없었으려나? 영화에 모기가 나오는 장면은 없으니 알 길은 없다. 아무튼 스미스는 그런 인간에 대한 치료제가 바로 자기 자신이라고 생각한다.

스미스는 꿈에서 깨어나려는 인간을 체포하는 방식으로 치료제 역할을 수행한다. 나는 모기 방역에 관한 정보를 검색하던 중 YTN 사이언스가 제작한 다큐멘터리 〈모기 대첩〉을 통해 2022년의 대한민국이 이미 모기 예보제와 모기 방범대를 운영하고 있다는 사실을 알게 되었다. 우리는 매일 서울시 홈페이지에서 일평균 모기 개체수를 확인할 수 있고, 서울시 서초구는 2015년부터 '모기 보안관'을 채용해 방역 사각지대를 관리 중이다. 혼탁한 물에 서식하는 모기 유충을 제거하는 일이 중요하다고, 모기 보안관 구향미 씨가 말했다. 그의 말에 나는 곧바로 집 근처 하수구를 확인했다. 과연 그곳에는 모기 유충인 장구벌레가 바글거렸다. 나는 구향미 씨처럼 살충제 한 통을 하수구 물에 모조리 부었다. 그러자 거짓말처럼 다음 날부터 내 방에 침입해 오는 모기의 수가 현저히 줄어들었다. 나는 너무나도 막강해졌고, 이렇게 된 이상 모기들에게 스미스라는 이름을 붙여 주지는 못할 것 같다. (2022.06.06.)

이민혜 문신 맞추기

Q. 아래에는 문신을 하게 된 경위 다섯 가지가 제시되어 있다. 이 중 이민혜가 한 문신을 고르시오. (답 1개)

1번. 원기둥 지구

창세기에 따르면 원래 사람의 언어는 한 가지뿐이었다. 당시 사람들은 동쪽으로 이동하다 시나르라는 평지 지역을 만나 그곳에 머물기로 한다. 모여 살기 시작한 사람들은 점차 집이나 건물을 단단하게 짓는 방법을 터득했다. 돌 대신 벽돌을, 진흙 대신 역청을 쓰기 시작한 것이다. 그러던 어느 날, 그들은 높은 탑을 쌓기 시작했다. 탑의 꼭대기를 하늘에 닿게 해 자신들의 이름

을 널리 알리고 서로가 흩어지지 않도록 하기 위함이었
다. 이를 본 여호와는 이렇게 말했다. "이것은 단지 시
작에 불과하다." 그는 즉시 땅으로 내려가 사람들이 쓰
는 말을 전부 뒤섞어 서로 알아듣지 못하게 했다. 그러
자 사람들은 탑 쌓는 일을 그만두고 사방으로 흩어졌
다. 이후 그곳의 이름을 바벨, 인간들이 완성하지 못한
그 탑을 바벨탑이라 불렀다.[5]

그로부터 약 4천 년 후, 미국의 한 과학 소설 잡지에
바벨탑을 소재로 한 소설 하나가 발표된다. 소설은 바
벨탑 꼭대기에 올라가 하늘 천장 너머의 세상을 확인한
광부의 이야기이다.[6] 소설 속 여호와는 인간들의 언어
를 뒤섞지도, 탑을 무너뜨리지도 않은 것이다. 광부와
그의 동료는 수년에 걸쳐 탑의 꼭대기를 향해 걸었다.
그렇게 도착한 정상에서 그들은 또다시 수년에 걸쳐 하
늘의 표면을 부쉈다. 마침내 하늘 구멍이 열리자, 그로
부터 엄청난 양의 물이 쏟아졌다. 천상의 저수지 바닥

---

5 창세기 11장 1절
6 테드 창, 『당신 인생의 이야기』, 「바빌론의 탑」, 김상훈 역, 엘리, 2016.

을 뚫은 것이다. 광부는 물살에 휩쓸려 천상계 어딘가로 떨어져 정신을 잃고 만다. 간신히 눈을 뜬 그의 앞에 놓인 것은 다름 아닌 자신이 탑을 오르기 전에 밟은 시나르 땅이었다.

광부는 원통형 인장을 떠올렸다. 그림이 음각된 인장을 부드러운 점토판 위에 굴리면 원통이 남긴 자국은 하나의 그림이 된다. 그런 이유로 점토판 위에서는 반대편에 있는 사물도 원통 표면에서는 나란히 서 있을 수 있다. 세계는 미묘한 방법에 의해 둥글게 말려 있었고, 그렇게 서로 멀찍이 떨어져 있는 것만 같던 천상과 지상은 사실 맞닿아 있던 것이다. 애초에 여호와가 탑을 부수거나 인간의 언어를 뒤섞을 필요가 없었다는 사실을 깨달은 광부는 이를 사람들에게 알리기 위해 걸음을 옮긴다. 나는 2년 전 이 소설의 엔딩을 기억하고 싶은 마음에 왼쪽 허벅지에 원기둥 문신을 새겼다. 둥근 지구 위에 살고 있긴 하지만, 가끔은 세계가 원통 모양이라고 생각해야 할 때가 있었다.

2번. 샌드위치

최초의 기억은 외조부의 뒷모습이다. 그는 베란다에서 담배를 태우고 있었고, 나는 부엌에서 외조모와 점심을 먹고 있었다. 휴일이었던 걸까. 내가 기억하기로 외조부는 예순이 되도록 미군 부대 세탁소에서 일했다. 그의 몸에는 항상 스팀다리미 냄새가 짙게 배 있었다. 외조모는 종종 그의 남편이 일터에서 주워 온 미군들의 브랜드 옷을 재봉틀로 리폼했다. 나는 역할을 다한 종이에 적혀 있던 알파벳도 기억한다. 지난달 달력 뒤에, 어제 자 신문 위에, 원본을 알 수 없는 종이 쪼가리 위에. 전부 외조부가 적어 둔 것이었다. A는 에이, B는 비, C는 씨. 휴일이면 그는 종종 나를 앞에 앉혀 두고 그것들을 소리 내어 읽었다. A는 에이, B는 비, C는 씨, D는 디, E는 이. 나는 늘 그 시간을 기다렸다. A는 에이, B는 비, C는 씨, D는 디, E는 이.

외조부는 환갑의 나이로 죽었다. 술과 담배를 좋아한 탓에 일찍이 폐암에 걸렸는데, 말기가 되어서야 병을 발견한 것이다. 그가 죽고난 이후 첫째 사위인 나의 부친은 그를 늘 깔끔한 신사로 기억했다. "장인어른은 옷

깃이 항상 날렵했어. 갈치살도 기가 막히게 발라 드셨어." 모친은 내가 일곱 살이 된 해에 피아노 한 대를 샀다. "아버지가 나중에 민혜 너한테 꼭 피아노를 사 주라고 했거든." 나는 그를 샌드위치로 기억했다. 그는 종종 미군에게 배운 대로 모닝빵을 반으로 잘라 베이컨과 치즈를 끼워 조촐한 샌드위치를 만들어 먹곤 했다. 그것이 어린 나에게는 무척 고급스러워 보였다. 성인이 된 이후 오른쪽 무릎 위에 작고 귀여운 샌드위치를 문신했다. 그가 술만 마시면 아내를 팬 가정 폭력범이었다는 사실을, 딸을 데리고 유흥주점에 다니던 아버지라는 사실을 알고도 그렇게 했다.

3번. 제임스

제임스의 출현 이후 그의 친구들이 잇따라 나를 방문했다. 총 마흔두 마리였다. 최근 주변 사람들로부터 자신의 집에도 제임스의 친구와 친척이 나타났다는 제보를 여럿 받게 되었다. 개중에는 나처럼 혼자 사는 1인 가구가 많았고, 개중 몇몇과 '365 24/7 바퀴 핫라인'을 개설했다. 우리는 바퀴가 나타나면 곧바로 그 핫라인을 통해 서로의 상황을 보고하고 해결책을 모색했다.

그것은 우리의 문제가 바퀴벌레뿐만이 아니라는 것을 증명한다. 우리는 누군가와 함께 마주치는 바퀴와 혼자 마주치는 바퀴 사이의 혹독한 차이를 경험한 사람들이었다. 일순 멈춘 것 같은 시공간. 차게 식는 피. 혈혈단신으로 결전을 치러야 한다는 잔혹한 사실이 우리에게 큰 트라우마로 남았다.

나는 1인 가구의 바퀴 목격담을 듣고 크게 공감했다. 어떤 목격담을 듣고는 가슴이 미어졌고, 어떤 목격담에는 분노가 치밀었다. 한편, 나는 부지런히 구글링하며 바퀴에 관한 더 많은 정보를 수집했다. 바퀴벌레가 닫힌 현관문 그 좁은 틈으로 들어올 수 있는 이유는 자신의 몸을 1/4까지 축소할 수 있는 능력 때문이었다. 게다가 그들은 하루 24시간 중 18시간을 더듬이 청소에 몰두해 항상 더듬이를 깨끗하게 유지한다고 한다. 머리가 잘려도 10일은 살아있을 수 있는 바퀴벌레에게 때로는 경외심이 들었다. 그럴 때마다 나는 좋아하는 드라마의 대사 한 대목을 떠올렸다. "두 가지 상반된 생각을 동시에 품고, 그것을 둘 다 받아들이는 게……, 인간의 가장 큰 장점이지." 결국 나는 왼쪽 발목에 제임스를 새겼다. 그를 기리고 싶기도 했고 영원히 내 발목에 갇혀 나타나지 않길 바라는 마음에서였다.

4번. 깨진 유리 조각의 빛

4년 전, 인터넷 서핑을 하다 이런 문구를 발견했다. "달이 빛난다고 말하지 말고, 깨진 유리 조각에 반짝이는 한 줄기 빛을 보여줘라." 멋있는 말이라고 생각했다. 나는 막 문신을 배우기 시작한 중학교 선배에게 이 문구를 내 오른쪽 팔에 새겨 달라고 부탁했다. 이 말이 안톤 체호프라는 러시아 대문호의 것이란 사실은 나중에 알았다. 당연히 그의 소설도 뒤늦게 읽었다. 내가 그의 단편집 한 권을 겨우 다 읽었을 때는 문신이 뿌옇게 번져 문장의 내용을 알아볼 수 없는 상태가 되었다. 1년 후 나는 그 위에 나뭇잎 몇 장으로 커버 업 문신을 새겼다. 체호프가 저런 말을 한 적이 없다는 사실은 최근에 발견했다. 그는 자신처럼 문학을 하고 싶어 하는 동생 알렉산더에게 조언을 담은 한 통의 편지를 썼는데, 훗날 그 편지를 읽은 사람들이 내용을 대폭 요약해 자기들 마음대로 해석한 문장이 인터넷에 돌아다니고 있던 것이다.

5번. 가가와 먼로

중학교 2학년 때 친구를 따라 몇 주간 교회에 다녔다. 나는 그 교회를 좋아했다. 친구들은 모두 착해 보였고, 청년부 선생님과 전도사도 모두 좋은 분들 같았다. 어느 일요일 예배 시간, 가수 레이디 가가가 악마라는 이야기를 들을 때까지는 그렇게 생각했다. 설교를 맡은 전도사의 말에 따르면 가가는 음악을 통해 전 세계인을 지옥에 데려가려는 사탄이었다. 단상 위 스크린에는 흰옷을 입은 채 피칠갑을 한 가가의 사진과 사탄마귀라는 단어가 함께 띄워져 있었다. 전도사는 가가를 가리키며 이것이 바로 우상의 모습이라고 말했다. 나는 그날 점심을 먹지 않고 귀가했다. 왜 이렇게 일찍 집에 가냐는 친구의 물음에 차마 내가 가가의 팬이라는 말을 입 밖으로 꺼내지는 못했다.

2017년에 개봉된 다큐멘터리 〈레이디 가가 155cm의 도발〉에는 그간 가가가 기괴하고 파격적인 복장으로 대중 앞에 나선 이유를 말하는 장면이 나온다. 그가 곡 작업을 위해 만난 남성 프로듀서 중 열에 여덟은 가가를 마치 아무것도 아니라는 듯 취급했다. 가가의 말에 따르면 그들은 넘치는 돈으로 여자를 샀고 가가 역시 '그런 여자'들처럼 굴길 바랐다. 만일 그들이 가가에게도 '그런 여자'들 같은 이미지를 원하면 가가는 항상 그것을 기괴하게 비틀어 보여줬다. 그러면 자신이 주도권을 갖고 있다는 느낌이 들었다고 가가는 말했다. "VMA에서 섹시한 모습으로 파파라치에 대해 노래하라면 전 온몸에 피를 철철 흘리며 유명세 탓에 마릴린 먼로가 어떻게 됐나 상기시킬 거예요." 나는 몇 달 전 목 뒤에 'gaga & monroe'라는 작은 레터링을 새겼다. 그즈음 가가가 말한 기괴한 태도가 필요한 순간이 많았다.

헤비메탈 냉풍기

박민규의 단편 소설 「카스테라」는 시끄러운 냉장고와 동거하는 대학생의 이야기다. 내가 작년까지 살았던 셰어 하우스에도 소설 속 냉장고처럼 전생이 훌리건이었던 냉장고가 있었다. 우웅 우웅. 냉장고뿐만 아니라 보일러도 그랬다. 우웅 우웅. 아래층에 사는 미스터 김도 그랬다. "학생! 제발 조용히 좀 다녀!" 나는 훌리건들에게 둘러싸여 살았다. 물론 훌리건은 이 셋과 아무런 관련이 없지만 이러다가는 나까지 훌리건이 될 것 같던 날이 자주 있었다. 세계 최초 축구에 관심 없는 훌리건! 그런 이유로 종종 고요한 빌라 옥상에 올라가 담배를 피우곤 했다. 고상한 가전제품과 아량 넓은 이웃을 두었다면 일찍이 금연에 성공했을까? 좌우지간 계약 기간을 모두 끝내고 방을 빼던 날 나는 내심 기뻤다. 어리석게도 그랬다. 요즘 나는 전생 따위는 별로 알고 싶지 않을 만큼 시끄러운 냉풍기와 여름을 보내고 있다.

냉풍기는 인터넷에서 샀다. "에어컨보다 덜 시원하지만 안전합니다. 선풍기보다는 시원한 가성비 좋은 제품입니다!" 제품 상세 정보에 그렇게 적혀 있었다. 몇몇 친구들은 그런 식으로 돈을 쓰는 나를 보고 그러게 왜 에어컨 옵션이 없는 방을 구했냐며 나를 나무랐지만 이제 와서 그런 이야기는 별 소용이 없다. 그때는 싼 월세에 눈이 돌아 미래의 내가 어떻게든 여름을 잘 날 거로 생각했다. 제품을 배송받은 날까지도 아무 생각이 없었다. 전원 버튼을 눌러 보고 나서야 어딘가 크게 잘못되었다는 기분이 들었지만, 시간을 되돌려 에어컨이 있는 방을 다시 구할 수도 없고, 그렇다고 에어컨 설치를 위한 벽 타공도 할 수 없는 이 상황에 새로운 묘책을 내기란 쉽지 않아 보였다. 기화 냉각 방식으로 작동되는 냉풍기를 한국의 고온다습한 여름에 구매하는 어리석은 짓을 했다는 사실은 환불 기간이 한참 지난 때에 알게 되었다.

장점이 아예 없진 않다. 우선 냉풍기는 선풍기보다 두세 배는 강한 바람을 내뿜는다. 그렇다고 두세 배 시원한 것은 아니지만 소리가 워낙 크다 보니 자잘한 소음은 우습게 매장한다는 점도 장점이라면 장점이다. 덕분에 나는 아래층 아저씨의 코 고는 소리를 더는 듣지 않아도 되었다. 항상 창문 쪽에 머리를 대고 잠드는 모양인지 밤마다 아저씨의 미미한 코골이 소리가 얇고 큰 유리창을 뚫고 내 방까지 들어왔다. 이제는 나의 냉풍기 소리가 아래층까지 들릴 것이다. 아저씨는 이렇게 생각할지도 모른다. '저 집은 하루 종일 청소기를 돌리는 건가'. 외출하거나 귀가하는 길에 가끔 빌라 공동 현관문 앞에 서서 담배를 피우는 아저씨를 마주치면 나는 멋쩍은 표정으로 그에게 인사를 건넸다. 그러면 아저씨는 똑같이 멋쩍은 표정으로 내 인사를 받았다.

소설의 주인공은 어느 순간 냉장의 역사를 공부하기 시작했다. 냉장고의 소음이 그를 냉장의 세계로 끌어들인 것이다. 주인공은 결국 냉장술 연대기의 본질을 이해하고야 만다. 지하실과 얼음을 이용한 원시적인 냉장고부터 기화열을 사용한 초기 냉장고, 인공 얼음으로 만든 제이콥 퍼킨스의 냉장고와 제너럴 일렉트릭사가 발명한 밀폐형 냉장고까지. 냉장고의 보급은 식중독과 암 등의 질병 발생률을 대폭 감소시켜 인류의 건강한 생활에 크게 공헌했다. 바야흐로 환상적인 냉장 시대에 살고 있음을 깨달은 주인공은 나아가 냉장고의 입장에서 세계를 바라본다. "냉장의 세계에서 본다면 이 세계는 얼마나 부패한 것인가." 급기야 그는 냉장고를 보다 근사한 용도로 사용하기로 한다. 맥주캔과 김치통, 우유팩이나 계란 따위가 아니라 '소중한 것이나 해악이 될 만한 것들'을 냉장고 안에 집어넣기로 한 것이다.

냉방의 세계도 냉장의 세계와 비슷할 것 같다. 에어컨 역시 냉장고 못지않게 인류의 건강과 문명에 크게 기여했다. 예컨대 싱가포르의 초대 총리인 리콴유는 "에어컨이 없었다면 싱가포르도 없었을 것"이라는 말을 한 적이 있다. 온도와 습도를 함께 조절할 수 있는 에어컨은 사계절 내내 덥고 습한 날씨가 이어지는 말레이반도 끄트머리를 사람이 살 만한 지역으로 만들었다. 하지만 나의 냉풍기는 조금 독특한 방식으로 냉방의 역할을 한다. 온 힘을 다해 우람한 소음을 내면 더위의 기선을 제압할 수 있을 거로 생각하는 모양이다. 문제는 바람을 뿜을 때 냉풍기 아래쪽 물통에 들어 있는 찬물을 함께 내보낸다는 것이다. 덕분에 내 방은 다량으로 버섯을 재배할 수 있을 만큼 축축하다. 생각해 보니 선풍기를 사서 그 앞에 아이스팩을 붙여 두는 편이 나았을 것 같다.

그래도 사람은 어떤 환경에도 곧잘 적응하기 마련이다. 그러다 보면 판도가 뒤집히는 날도 있다. 집에 있는 동안 어떻게든 냉풍기 소리를 덜 의식하고자 노래를 크게 틀어 놓곤 했는데 그 어떤 곡을 최대 볼륨으로 설정해도 눈에 띄는 효과가 없었다. 그랬던 냉풍기의 발언권이 내 재생 목록 구석에 담겨 있던 블랙 사바스의 「Iron Man」에는 완전히 묻힌 것이다. 과연 헤비메탈 록의 효시라는 생각에 나는 어쩐지 신이 나서 그날 이후로 쇳덩이 음악만 듣기 시작했다. 우선 「Iron Man」이 수록된 2집 『Paranoid』를 하루 종일 틀어 두었다. 반전(反戰) 메시지가 노골적으로 들어 있는 「War Pigs」부터 추후 타이틀곡용으로 만든 「Paranoid」, 찢어지는 기타

소리가 일품인 「Electric Funeral」과 참전 후 마약에 중독된 미군들의 이야기를 담은 「Hand of Doom」까지.

　이 기세를 몰아 레드 제플린의 2집도 재생 목록에 집어넣었다. 시끄럽다 못해 거대하다고까지 느껴지는 2집의 사운드는 분명 냉풍기의 코를 납작하게 만들었다. 「Whole Lotta Love」와 「Moby Dick」은 2003년 발매된 라이브 앨범 『How The West Was Won』 버전으로 재생했는데 각각 20분 정도 되는 두 대곡의 라이브를 모두 듣고 나면 냉풍기의 존재는 어쩐지 공연장에서 틀어주는 공업용 대형 선풍기처럼 느껴졌다. 나는 「Highway Star」를 시작으로 딥 퍼플의 『Machine Head』 앨범 전곡을 반복 재생하기도 했다. 듣기 전부터 심장을 울리는 「Smoke On The Water」의 기타 리프와 「Space Trukin」의 드럼 사운드를 고작 냉풍의 세계 따위가 따라잡을 리 만무했다. 오르간 연주가 기막힌 「Lazy」와 발라드 록 「When A Blind Man Cries」도 마찬가지였다.

　「카스테라」의 주인공은 냉장의 세계에 일단 입장

하기만 하면 그게 무엇이든 영원히 부패하지 않을 거로 생각했다. 그렇게 냉장고에 들어간 첫 번째 물건은 조너선 스위프트의 소설책 『걸리버 여행기』였다. 주인공은 부지런히 인류의 걸작들을 읽고 엄선해 냉장고 칸에 차곡차곡 명작들을 쌓아 넣었다. 나였다면 앞서 언급한 세 밴드의 앨범과 더불어 주다스 프리스트의 『British Steel』, 아이언 메이든의 라이브 앨범 『Live After Death』을 추가했을 것이다. 냉장고 대부분의 공간은 소중한지 해악인지 잘 알 수 없는 것들이 차지했다. 예컨대 아버지, 어머니, 학교, 동사무소, 신문사, 오락실, 대기업, 경찰, 초등학교, 초등학생, 경기 고속 좌석버스, 지하철, 사채업자, 실직자, 노숙자, 국회의원, 대통령, 중국, 그리고 미국 등. 한 번쯤은 꼭 큰 소리를 내는 존재들이니 내가 뽑은 플레이리스트를 그렇게 싫어할 것 같지는 않다.

집 밖에서도 중금속 노래를 듣는 날이 이어졌다. 이유는 모르겠지만 이동 중에는 메탈리카의 앨범을 가장 많이 들었는데 아무래도 3집 『Master of Puppets』의 재생 횟수가 제일 높았다. 비가 장대처럼 쏟아지던 날, 버스를 타고 집으로 돌아오는 길에 3집의 유일한 연주곡인 「Orion」을 들었다. 메탈리카는 한동안 이 곡을 연주하지 않은 것으로 유명하다. 작곡가였던 베이시스트 클리프 버튼이 유럽 투어 도중 버스 전복 사고로 목숨을 잃었기 때문이다. 버튼의 훌륭한 베이스 솔로를 듣고 있자니 새삼 내가 타고 있는 버스도 사고가 날 만큼 위태로워 보였다. 버스에서 내려 정신없이 빗길을 걸을 때만 해도 동네 전체에 전기가 끊겨 냉풍과 냉방, 냉장의 세계가 모두 침묵에 잠겨 있을 줄 전혀 예상하지 못했다.

어느 날, 소설 「카스테라」의 냉장고도 침묵의 세계로 들어간다. 냉장고에 미국을 집어넣고 난 얼마 후 주인공은 호프집에서 맥주를 마셨다. 그날은 공교롭게도 1999년 12월 31일, 20세기의 마지막 날이었다. 감상에 젖은 채 호프집 주인과 술잔을 기울이다 보니 자정이 다 된 시각에서야 귀가하게 된 주인공. 그는 그날따라 유독 버겁게 느껴지던 소음에 조심스레 냉장고 문을 열어 보았다. 냉장고는 하나의 세계, 혹은 하나의 세기를 열심히 냉장하고 있었다. 주인공은 생각한다. "오늘

밤만은 이 세계의 부패도 잠깐 그 진행을 멈추겠지." 냉장고가 조용히 입을 다문 것은 그다음 날 아침이다. 마치 자신의 일을 모두 끝냈다는 듯 말없이 자리를 지키고 있었다. 놀란 가슴을 붙잡은 채 냉장고 문을 연 주인공이 마주친 것은 아버지도 어머니도, 미국이나 중국도 아닌 따뜻하고 보드라운 카스테라 한 조각이었다.

나는 골목길에 삼삼오오 모여 한전 고객센터에 전화를 걸고 있는 동네 주민들에게 물었다. "언제부터 이랬어요?" "한 시간은 된 것 같은데요." 나를 알아본 아래층 아저씨가 멋쩍은 표정으로 답했다. 사람들의 말을 들어 보니 장대비를 맞은 가로수가 심하게 흔들려 전봇대의 변압기를 망가뜨린 것이 원인이었다. 나는 긴장된 마음으로 방에 들어가 상황을 살폈다. 냉풍기는 물론, 현관 센서등, 와이파이, 냉장고까지 모두 무용지물인 상태였다. 나는 핸드폰 플래시에 의지해 쫄딱 젖은 상하의를 갈아입은 후 다리를 펴고 방바닥에 앉았다. 그렇게 나는 전기가 들어올 때까지 기다렸다. 그때 본 조비의 「Always」나 스콜피언즈의 「Still Loving You」 같은 록 발라드를 들어야 했을까. 하지만 나는 상온에 놓인 카스테라처럼 피곤했다. 무엇보다 전기가 언제 들어올지 알 수 없었고, 최대한 배터리를 아껴 두어야 했다. (2022.07.04.)

무더위 옴니버스

[제습기 좀비]

오피오코르디셉스 곰팡이ophiocordyceps unilateralis는 생명체를 조종할 줄 아는 균류이다. 이 곰팡이에 감염된 목수 개미carpenter ant는 높이 자란 식물의 줄기를 타고 더 높은 곳으로 올라간다. 어느 정도로 적당한 위치에 올라서면 개미의 몸 안에 있던 곰팡이는 실처럼 가느다란 균사를 숙주의 발 밖으로 내보내 개미의 몸과 식물을 단단히 꿰매어 고정한다. 그리고 포자를 퍼뜨리기 시작한다. 숙주의 내장과 몸체를 모조리 먹어 치우며 최대한 먼 곳까지 더 많은 숙주에게 자신의 생식세포를 퍼뜨린다. 태국의 한 열대우림에서 처음 이 곰팡이에 감염된 개미를 발견한 데이비드 휴즈 교수는 균에 감염돼 휘청거리는 목수 개미가 마치 좀비의 모습과 비슷하다고 생각했다. 이에 그는 오피오코르디셉스 균에게 '좀비 곰팡이'라는 별칭을 붙여 주었다. 훗날, 이 곰팡이는 소설 『모든 재능을 가진 소녀The Girl with All the Gifts』와 이를 원작으로 한 영화 〈멜라니〉의 소재가 되어 개미가 아닌 인간을 좀비로 만드는 치명적인 바이러스가 된다. 오피오코르디셉스에 감염된 인간들은 더 많은 숙주를 확보하려는 곰팡이에 의해 높은 가로등이나 빌딩 근처를 향해 걷는다.

영화나 드라마에 등장하는 좀비의 모습이 점차 다채로워지는 것 같다. 이야기의 설정에 따라 바이러스의 종류도 감염의 경로도 몹시 다양하다. 〈레지던트 이블〉처럼 불법으로 만들어진 유전 공학 연구물 바이러스가 유출되는 예도 있고, 최초의 좀비 영화인 〈화이트 좀비〉와 같이 종교적 주술로 탄생하거나 〈살아있는 시체들의 밤〉처럼 말 그대로 살아있는 시체인 좀비들도 있다. 〈멜라니〉처럼 곰팡이라는 독특한 경로로 좀비가 되기도 한다. 영화 〈스플린터〉는 뾰족한 식인 식물에 감염되어 좀비가 된다. 일반적으로 좀비는 논리적인 사고는 물론 간단한 의사소통도 불가능하며 오로지 감각에만 의지해 먹이인 인간을 발견하는 괴물로 그려지지만, <웜 바디스>의 좀비는 농담도 하고 감정도 느낀다. 사람들의 뇌를 먹으면 뇌의 주인이 생전에 겪었던 경험을 똑같이 느낄 수 있기도 하다. 좀비라는 괴물이 친숙하지 않았던 대한민국에도 영화 <부산행>을 기점으로 다양한 좀비 영화와 드라마가 제작되는 중이다.

머지않은 미래에 좀비 사태의 원인이 한여름 무더위가 되는 영화도 개봉할 것만 같다. 대기의 기온과 습도가 어느 정도의 수준을 넘어서면 인간은 마치 좀비가 된 듯 똑바로 서 있거나 한곳에 집중하는 일을 제대로 해낼 수 없게 된다. 더위는 퀴퀴한 곰팡이 냄새를 애써 무시하며 방바닥에 누운 채 상념에 빠지게 만들기도 한다. 나는 요즘 허공에 떠다니는 먼지를 바라보며 생각에 잠겼다. '설마 저 먼지, 알고 보니 오피오코르디셉스? 저걸 들이마시는 바람에 나 역시 좀비가 된 걸까?' 지난주 월요일, 길가에 버려져 있던 중고 제습기를 주워 오지 않았다면 여전히 그 공상에 빠져 에어컨 바람을 찾아 시원한 카페를 전전하는 예비 좀비가 되어 있었을 것이다. 제습기의 전원 버튼에는 다음과 같은 메모가 적혀 있었다. "제습기, 정상 작동합니다. 가져가서 쓰세요." 전 주인의 친절한 설명대로 기기는 제 역할을 문제없이 해낸다. 전원을 켤 때마다 마치 누군가 달려오는 듯한 두두두두 거리는 소리, 울대를 긁어서 내는 듯한 날카롭고 거친 신음 소리가 나긴 하지만 그리 크게 신경 쓸 정도는 아니다.

[로봇 데이트]

2008년에 개봉된 애니메이션 영화 〈월-E〉는 쓰레기 때문에 멸망한 지구의 도시를 보여주며 시작된다. 인간은 한 명도 보이지 않는 행성에서, 청소 로봇 월-E만이 홀로 남아 쓰레기를 차곡차곡 정리하는 중이다. 인류는 모두 '바이 앤 라지buy and large'라는 기업이 만든 우주 여객선 '엑시엄' 호로 이주해 700년 동안 그곳에서 살아가고 있다. 처음 우주로 이주해 갈 때까지만 해도 5년 안에 다시 지구로 돌아갈 계획이었지만, 한때 생명으로 가득 찼던 이 행성에는 이제 청소 로봇이 깔끔하게 쌓아 올린 쓰레기 탑만 넘칠 뿐이었다. 그러던 어느 날, 지구를 찾아온 식물 탐사 로봇 이브는 월-E가 쓰레기를 치우는 도중 우연히 발견한 작은 풀을 건네받는다. 이브가 들고 온 식물로 인해 지구에 다시 생명이 살 만한 환경이 조성되고 있다는 정보를 전달받은 엑시엄 호의 선장과 로봇들은 이제 다시 지구로 돌아갈 준비를 시작한다. 여객선에는 지구 행성에 광합성을 할 줄 아는 생명체가 자란다는 사실이 증명되면 매뉴얼에 따라 다시 집으로 돌아가야 한다는 명령이 입력되어 있었기 때문이다.

그러나 인간들을 순순히 지구로 돌려보내지 않으려는 로봇들이 있었다. 지구에서 자라난 식물을 우주 밖으로 내버리려는 로봇들, 이 일을 없던 일로 만들려는 인공지능 로봇들. 4년 전, 로봇 공학을 전공하던 K는 내게 <월-E>라는 영화가 얼마나 잘못 만든 작품인지 설명했다. 영화가 말도 안 되는 방식으로 착한 로봇과 나쁜 로봇을 나누었다는 것이다. 그러면서 어차피 인류는 머지않아 엑시엄 호에서 살아가는 것처럼 모든 기본적인 생활을 로봇에게 맡기며 살아가게 될 것이고, 모든 로봇은 그간 축적한 알고리즘 데이터로 인간의 감정과 이성을 뛰어넘는 존재가 될 거라는 이야기를 덧붙였다. "그때가 되면 인간은 좀비에 가까워질 거예요. 생각도 기분도 자기 것이라고 말할 수 없는 그런 시대가 올걸요? 어쩌겠어요." 나는 그렇게 말하는 K가 의아했다. 본인 이야기만 늘어놓을 생각이었다면 왜 굳이 내게 데이트를 하고 싶다며 번호를 물었는지. 로봇을 하나 장만하는 게 낫지 않았을까? 나는 30분째 "아, 진짜요."라는 문장만을 반복하고 있었다.

[인공 가열제]

봉준호 감독의 영화 〈설국열차〉의 기차는 원래 크루즈용이었다. 평생을 기차 안에서 살겠다는 결심을 했던 소년 '윌포드'는 어른이 되어 운송 전문 기업 '윌포드 인더스트리'를 세웠고, 전 재산을 털어 열사의 아프리카부터 극지방의 툰드라까지 1년 365일을 달리는 기차를 만든다. 처음 열차가 만들어진 당시에는 에너지

생산 시스템 및 영구 동력 엔진이 과잉된 기술 낭비라는 비판이 쏟아졌다. 그러나 얼마 지나지 않아 지구 온난화를 해결하기 위해 전 지구에 살포된 인공 냉각제 CW-7이 예상치 못한 빙하기를 불러일으키면서 열차는 지구상에서 생존할 수 있는 유일한 공간이 되어 버린다. 다량의 냉각제가 엄청난 한파를 만들어 내기 시작하던 때에 열차 밖 사람들은 생존을 위해 달리는 찻간에 무임승차한다. 이들은 그렇게 열차의 가장 끝 칸인 꼬리 칸에 몰아넣어진다. 이미 돈을 지불해 여행을 즐기고 있던 관광객들은 앞쪽 칸에서 상류층 삶을 이어 나가고, 설계자 윌포드는 맨 앞 칸인 머리 칸에서 설원을 달리는 이 열차가 영원히 멈추지 않도록 엔진을 보살폈다.

현재 지구상에는 설국열차도 윌포드도 없지만 화성 이주 계획을 세우고 있는 일론 머스크가 있다. 테슬라와 스페이스X의 CEO인 그는 현재 사람들을 화성으로 실어 나를 우주선을 포함한 다양한 우주발사체를 개발하는 중이다. "일론 머스크가 너한테 화성 가는 공짜 티켓 주면 어떡할래?" 얼마 전 친구 한 명이 내게 이런 질문을 던졌을 때만 해도 나는 몹시 심드렁했다. 하지만 며칠 후 생각이 바뀌었다. 만일 설국열차와 화성 둘 중에 고르라면 후자를 고를 것 같다는 생각이 문득 들었다. 앞으로 닥칠 한여름의 더위에 인공 냉각제 생각이 안 날 수가 없을 것 같았다. 지구를 모조리 얼러 놓는 것보다야 차라리 화성에 가는 게 낫지 않을까. 게다가 내가 알기로 화성은 시원했다. 박민규의 또 다른 소설 「그렇습니까? 기린입니다」의 첫머리에는 이런 구절이 나온다. "화성인들은 좋겠다. 그해 여름은 너무 무더워, 나는 늘 그런 상념에 젖고는 했다." 그러나 화성의 평균 기온이 영하 60도라는 사실은 모르고 있었다. 일론 머스크가 화성의 기후를 지구와 비슷하게 만들기 위해 핵미사일 1만 개를 터뜨려 이산화탄소를 방출시킬 생각이라는 것 역시 전혀 몰랐다. (2022.07.11.)

영어 유치원 괴담

[열두 번째 아이]

누가 영어 유치원 선생 일은 어떠냐 물으면 나는 도리스 레싱의 소설 『다섯째 아이』의 벤이 아멜리 노통브의 소설 『오후 네 시』의 베르나르댕처럼 행동하는 모습을 견뎌야 하는 일이라 답할 것이다. 정기적인 수입원을 마련하고자 우연히 시작한 이 일은 내게 착실히 생활비와 카드값을 충당할 월급을 가져다주긴 했지만, 동시에 한동안 먹지 않았던 푸로작과 리튬을 다시 복용하게 했다. 『다섯째 아이』는 전통적인 가족관을 가진 해리엇, 데이비드 부부가 괴이한 외모에 난폭한 성격을 지닌 다섯째 아이 벤을 가진 후 말 그대로 생고생하는 이야기이다. 내가 맡고 있는 열두 명의 아이 중 대부분은 벤과는 거리가 먼 평범한 아이들이었지만, 벤이라는 한 아이 때문에 가족 전체가 어려움을 겪었던 것처럼 나는 니키타라는 한 아이로 인해 극심한 스트레스에 시달렸고, 마음의 여유를 완전히 잃고 말았다. 다른 아이들의 얼굴을 보는 것조차 꺼려져, 그들이 불러도 못 들은 척하거나 신경질적으로 반응하는 날이 많았다. 퇴근 후에는 기력 없이 누워만 있다 잠에 들었고, 아침 출근길에는 차에 치여 응급실에 실려 가길 바랐다.

『다섯째 아이』의 벤은 자신의 마음에 무언가 하고자 하는 욕망이 일면 그것을 아주 과격하고 비상식적인 방식으로 실행에 옮겼다. 또 벤이 처음으로 꺼낸 말은 '엄마'도 '아빠'도 아닌 '난 케이크를 원해.'였다. 벤은 이 첫마디 이후로도 "자신이 필요로 하는 것만 선언했다." 일이 마음대로 굴러가지 않으면 포효하듯 고함을 지르거나 주위를 망가뜨렸다. 그리고 그것이 주변 사람들에게 어떤 영향을 미칠지 전혀 신경 쓰지 않았다. 니키타 역시 자신의 마음속 모든 감정과 충동을 겉으로 드러내야 하는 아이였다. 학기 초 친구들이 자신과 놀아주지 않거나 원하는 장난감을 내놓지 않으면, 니키타는 주저 없이 친구들을 반복해서 때렸다. 아무리 화가 나고 마음이 상해도 누군가의 몸을 해하면 안 된다는 내 말에도 니키타는 그저 허공을 바라보며 "왜요?"라고 물었다. 그 이후에도 아이는 친구들이 가지고 있는 장난감을 말없이 빼앗거나 자신과 어울리기 싫어하는 친구를 집요하게 쫓아다니며 억지로 함께 놀도록 강요했다. 그리고 대체 왜 자신과 놀고 싶어 하지 않는지 의아해했다.

어느 날, 원장은 수업 중에 니키타를 바라보다가 이런 말을 했다. "쟤는 정말 귀신이 들린 게 아닌가 싶어요." 니키타의 얼굴엔 어딘가 모르게 음침하고 우울한 구석이 있었다. 대체 일곱 살 어린아이가 왜 그런 분위기를 풍겨야 했을까? 니키타는 늘 특유의 텅 빈 동공으로 자신의 오른쪽 허공을 바라보았다. '텅 빈 동공'으로 무언가를 '주시'하는 것이 그 아이에게는 가능했다. 내가 그런 니키타에게 수업에 집중하라고 주의를 주어도, 아이는 내 목소리를 듣지 못했다. 그리고 걸핏하면 수업 내용과는 전혀 관련 없는 말을 내뱉었다. "누가 범인이지?", "난 아직 그곳에 가고 싶지 않은데.", "난 너무 못생겼어." 그러나 나는 니키타가 귀신에 들린 것 같지 않았다. 적어도 내게 그 아이를 어떤 식으로든 이해해 보려는 노력은 전부 부질없었다. 아이를 따로 불러내 찬찬히 타일러도 보고, 소리를 지르며 상황의 심각성을 일깨우려 한 적도 있지만, 선생으로서 그 아이를 사회화시키려 하면 할수록 아이의 존재는 불쾌해지기만 했다. 니키타는 그저 나만의 베르나르댕이 되었을 뿐이었다.

소설 『오후 네 시』의 주인공 에밀은 은퇴 후 아내와 함께 노년을 보내기 위해 한적한 교외에 있는 꿈에 그리던 집에 살게 된다. 이사한 지 일주일이 지난 어느 오후 네 시, 길 건너에 사는 유일한 이웃 베르나르댕이 그들을 찾아온다. 그 이후 그는 매일 하루도 빠짐없이 오후 네 시가 되면 에밀의 집을 방문해 아무 말 없이 소파에 앉아 시간을 보내고는 집으로 돌아간다. 처음에 에밀은 어떻게든 자신을 찾아온 손님을 친절하게 대하며 대화를 이어 나가려 했다. 그러나 어떤 질문이든 퉁명스럽고 짧게 답하는 데다 요상한 절망감을 풍기는 거

구의 베르나르댕의 태도는 에밀을 점점 미치게 만들었
다. 시간이 지날수록 에밀은 오후만 되면 현기증이 날
정도로 스트레스에 시달렸다. 그리고 네 시가 되면 그
의 "시간은 진창 속에 처박히"고, 자신을 찾아온 베르
나르댕 앞에 앉아 불편한 침묵을 지키게 된다. 종국에
에밀은 자신의 유일한 이웃인 그를 살해한다. 나는 수
업을 시작하기도 전에 에밀처럼 불안과 짜증에 휩싸였
다. 공허한 눈빛의 니키타는 어김없이 수업의 내용과
는 전혀 상관없는 말을 내뱉을 것이었다. 나는 그것을
못 견디게 못마땅해하고, 그 아이는 이런 나를 전혀 신
경 쓰지 않는다. 그런 식으로 반년이 흘렀다.

원장과 나는 니키타에게 필요한 것은 전문가의 도움
비슷한 무언가라고 결론을 짓고, 수차례 니키타의 부모
에게 아이의 언행을 전달해 왔다. 그리고 아무 조치도
취하지 않는 그들을 수상하게 여겼고, 때로는 원망하며
어서 한 해가 끝나 이 아이를 직접 맡지 않는 날만을 기
다렸다. 때때로 퇴근 후나 휴일에도 소설 속의 이해할
수 없는 인물이 뒤섞인 것 같은 니키타가 머릿속에 불
쑥 나타나 나를 조금이라도 불편하게 하면, 그 아이를

내 현실에서 말끔히 도려내 아무 소설 속 어디론가 처박아두고 싶은 충동이 들었다. 그런 생각에 잠겨 있다 보면 차라리 요즘 나의 삶 자체가 종이 안에 빽빽이 들어찬 글자들에 불과했으면 좋겠다는 바람으로 이어졌다. 물론 그런 내 바람이 무색하게 월요일 아침은 찾아왔고, 수업 시간이 되었고, 니키타는 니키타가 할 법한 행동을 했다.

그런데도 가끔가다 그 아이의 머리를 다시 묶어줄 때가 있었다. 아이의 머리는 항상 지저분하고 헝클어져 있다. 이리저리 날뛰며 괴성을 지르고 있는 니키타를, 혹은 구석에 쭈그려 앉아 허공을 바라보고 있는 그 애의 이름을 부르면, 가끔은 의심스러운 표정으로, 어떨 땐 마치 기다렸다는 듯이 나에게 걸어왔다. 내가 아무 말 없이 빗을 집어 들면 아이는 잠자코 기다려 주거나 대뜸 다시 허공을 응시하며 입을 열었다. "분명 쓰레기통을 뒤지면 나올 거야." 니키타의 머리카락은 새까맣고 엉킴 없이 부드럽게 빗겼다. 나는 생각한다. '제발 좀 입 닥쳐.' 그 말은 내가 니키타보다 두어 살 많은 나이였을 때 부친으로부터 실제로 들은 말이다. 나는 대형 마트 카트 옆에 서서 컵라면과 과자, 냉동 만두 사이에 앉아 있는 동생과 자지러지게 웃고 있었다. 부친의 말에 나는 쇼핑이 끝나고 집에 도착할 때까지 아무 말도 하지 않았다.

동생이 니키타와 비슷한 나이가 되었을 무렵, 부친은 동생에게 야구를 배우게 했다. 그것이 부러웠던 적은 없다. 하지만 나는 동생이 마음에 들지 않을 때마다, 그게 야구든 무엇이든 나보다 더 잘하는 것이 생길 때마다 그 애에게 시비를 걸고 야구 글러브로 그 애의 머리통을 팼다. 물론 어른들은 내가 동생을 몹시 아끼는 착한 누나라고 착각하고 있었다. 하루는 내가 아무도 없는 집에서 동생을 열심히 패고 있는데 일찍 귀가한 부친이 폭행 장면을 직접 목격했다. 그리고 이렇게 말했다. "팰 거면 나한테 들키지 마." 가끔은 니키타의 머리를 만지며 이 아이와 나의 영혼이 뒤바뀌는 상상을 한다. 나는 니키타가 되고 니키타는 내가 된다면……. 그런 터무니없는 생각을 하는 동안에도 아이는 끝없이 조잘댄다. "나는 정말 안 착한 아이야." 곧이어 나는 그의 머리를 완성하고, 아이는 다 되었으니 가봐도 좋다는 내 말이 끝나기 무섭게 시야에서 사라진다.

[가임기 중년 남성 노인]

SF 공포 영화 시리즈 〈에일리언〉은 인간을 숙주로 번식하는 괴상한 외모의 외계 생명체를 마주한 인간들이 그들로부터 생존하기 위해 사투를 벌이는 이야기이다. 징그럽고 끔찍한 겉모습의 괴생명체가 인간을 공격하는 설정은 다른 공포 영화에서도 흔히 사용하는 소재 중 하나이지만, 이번 여름 유독 〈에일리언〉 시리즈에 깊이 빠져있던 이유는 단연코 에일리언이 번식하는 방식 때문이었다. 에일리언은 산란을 하지만 성체가 되기 위해서는 다른 생명체를 필요로 한다. 인간이 아직 부화하지 않은 알 근처에 다가가면 이를 감지한 에일리언이 알을 뚫고 나와 순식간에 그를 덮쳐 숙주로 만든다. 꼬리가 달린 거미처럼 생긴 이 아기 에일리언은 숙주의 얼굴에 찰싹 달라붙어 식도 안으로 두껍고 긴 꼬리를 밀어 넣어 그의 몸속에 유충을 주입시키는데, 이 때문에 이들은 페이스 허거face hugger라 불린다.

작업을 마친 페이스 허거는 스스로 떨어져 나가 죽고, 유충은 숙주의 몸 안에서 무럭무럭 성장하다 결국 숙주의 가슴을 잔인하게 뚫고 나온다.

나는 이 징그럽고 무시무시한 외계 생명체가 인간이라면 모두 가임기로 여겨 남녀노소를 가리지 않고 모두를 공평히 강간하려는 태도에 정이 갔다.

아이들의 등원 지도를 위해 탑승하는 차량이 1호차에서 3호차로 바뀐 건 늦봄쯤이었다. 3호차 기사는 1호차 기사와 달리 말이 많았다. 일본에서 사업을 하던 젊은 시절과 자식들의 대학 진학 이야기 등을 늘어놓았다. 모두 30년은 더 된 이야기였다. 아침부터 몹시 피곤했지만, 그가 반말을 하거나 호구 조사를 하지 않았기에 별말 없이 들어주는 척을 했다. 그가 운전을 험하게 해 멀미를 하느라 대부분 아무것도 듣지 못했지만……. 그런 그가 마흔일곱 먹은 자신의 장남과 나를 중매시키려 저녁을 사준 날이 있었다. 일터와 꽤 멀리 떨어진 샤브샤브 무한리필 집에서였다. 그의 장남은 미국에서 박사를 따고 해외살이를 하다 얼마 전 한국

에 들어와 쉬고 있다고 말했다. 재산이 100억이라는 말
도 했었다. 그러면서 나는 개성도 있고 성깔도 있어 보
여 자신의 아들과 잘 맞을 것 같다고 했다. 다음날, 이
이야기를 원장에게 하자 그는 그 기사가 손주를 엄청나
게 보고 싶어 하는 사람이라고 했다. 하기야 그가 장남
이 학력도 좋고 재력도 있는데 여태 장가를 가지 못해
자식도 없이 혼자 지내고 있어 안타깝다는 언급을 자주
하긴 했다.

　나는 그 식사 자리에 한 마리의 페이스 허거가 불현
듯 나타나 3호 차 기사의 얼굴에 달라붙는 상상을 해본
다. 외계 괴생명체의 길고 굵은 꼬리, 아니 사실은 일종
의 생식기가 그의 목구멍 깊숙이 들어가는 것이다. 그
것을 바라보며 샤브샤브 국물에서 건져 올린 숙주나물
과 청경채, 느타리버섯을 오물오물 씹는 나를 마음속으
로 그려 본다. 오랜 시간이 지나지 않아 그에게 새 생명
이 찾아올 것이다. 그리고 그것은 사방에 피를 튀기며
기사의 가슴에 큰 구멍을 내고 나와 세상과 조우할 거
다. 정말이지 아름답다고 말하지 않을 수 없다. 기사가
가슴으로 낳은 그 아이를 그의 장손이라 하지 않을 이

유는 또 어디 있을까? '니미럴 니가 직접 니 잘난 아들이랑 섹스도 하고 사랑도 하면서 살아.'라고 말하지 않고, '저를 좋게 봐주신 것은 감사하지만 저보다 나이가 스무 살이 넘게 차이 나는 사람과 결혼을 생각해 본 적은 없어서요.'라며 정중히 거절했던 내가 너무 한심해서 이런 상상이나 하고 있다.

[칠드런 오브 코리아]

〈칠드런 오브 맨〉은 알폰소 쿠아론이 연출한 디스토피아 영화로, 2027년 런던을 배경으로 한다. 전 세계는 불임으로 인해 한 세대 동안 출산이 멈췄고, 경찰국가가 된 영국을 제외한 다른 국가들의 정부는 대부분 무너진 상태이다. 문화 평론가 마크 피셔는 이 영화에서 포로수용소와 프랜차이즈 커피 전문점이 공존하고 있는 모습을 두고 이 세계 역시 우리 세계처럼 극단적 권위주의와 자본이 결코 양립 불가능하지 않다고 말했다. 그리고 그는 프레드릭 제임슨과 슬라보예 지젝의 구절을 인용한다. "우리는 자본주의의 종말을 상상하는 것보다 세계의 종말을 상상하는 것이 더 쉽다."[7] 피셔는 영화의 초반부 런던 배터시 발전소에 보존된 미켈란젤로의 다비드상, 피카소의 〈게르니카〉, 핑크 플로이드의 〈애니멀스〉 앨범 표지에 등장하는 돼지 풍선에 주목하며 이것들을 볼 수 있는 다음 세대가 사라진 영화의 설정, 즉 대규모 불임을 다른 종류의 불안이 전치된 은유로 읽어야 한다고 주장했다. 그것은 자본주의가 모든 문화적 대상에 화폐 가치를 부여해 어떤 문화도 그것을 볼 수 있는 새로운 시선이 더 이상 만들어지지 않는 '자본주의 리얼리즘' 시대 우리의 두려움이다.

피셔는 묻는다. "새로운 것이 없다면 하나의 문화가 얼마나 오래 지속될 수 있을까? 청년들이 더 이상 놀라움을 만들어 낼 수 없다면 무슨 일이 일어날까?" 그런데 대한민국은 여기에 하나의 질문을 덧붙여야 할 것 같다. "출생률이 0.72%인 국가의 청년은 어떤 특수한 미래를 맞이하게 될까?" 10년 후 한국 땅의 청년 인구는 약 10만 명이 줄어들 것으로 예상된다. 그때까지 이

---

7 마크 피셔, 『자본주의 리얼리즘: 대안은 없는가』, 박진철 역, 리시올, 2018.

영어 유치원이 운영을 할까? 출근 도중 차에 치이길 바란 날이 많았지만, 이곳은 잘 되었으면 하는 괜한 마음이 있었다. 상사인 조 원장은 내가 만난 그 어떤 상급자보다 나에게 잘해주었다. 내가 실수하고 우왕좌왕한다고 핀잔을 주는 일도 없었으며, 학부모가 나에게 보내는 민원을 대개는 본인이 대신 처리해 주었다. 우리 반 원어민 선생이 갑자기 일을 그만두어 몇 주간 내가 2인분의 몫을 했는데, 그다음 월급날 원장은 내게 10만 원을 보너스로 더 얹어주었다. 그리고 적은 돈이라 창피하다고, 그동안 고생해 주어 고맙다고 말했다.

자살로 생을 마감한 마크 피셔의 글을 반복해서 읽는다. 자본주의 안에서 새로운 것을 만들어내는 것도, 그 밖의 다른 가능성을 상상하는 것도 불가능한 이 상황을 인지하는 일은 참으로 우울하다. 그가 오랫동안 우울증을 앓았다는 사실이 그리 놀랍지 않다. 그러나 어쩌겠나, 나는 여전히 먹고 살 궁리를 해야 한다. 그래도 이 직장에 오래 머물진 못 할 것 같다. 원어민 선생이 없는 동안, 나는 혼자 열두 명의 아이들을 돌보고, 수업을 하며, 일곱 살 아이의 똥을 닦고, 내 가슴을 만지고도 사과하지 않는 아이를 가르쳤다. 또, 자신의 아이를 바라보는 내 표정이 따뜻하지 않다며 민원을 넣는 학부모를 상대했다. 그렇게 하루에 아홉 시간을 일하고 한 시간도 제대로 쉴 수 없었다. 내가 적어도 내년까지는 남아있을 것이라 믿는 조 원장에게 조금 미안한 마음이 들기도 하지만 별로 신경 쓰지 않으려 한다. 나는 보너스로 받은 10만 원을 전부 정신과 약값에 썼다. 조 원장은 이 사업을 통해 번 돈으로 아들을 뉴질랜드에 유학 보내고, 자신도 이민 갈 계획을 세우고 있다. (2024.09.04.)

3부

진실된 이야기

다음은 2021년에 만수가 찍은 사진들이다.

우리가 살았던 빌라는 다 동이었다. 가, 나, 다, 라 할 때 그 다였다. 하루는 만수가 착각하고 나 동에 들어갔다. 402호 앞에 서서 비밀번호 11722를 눌렀다. 문은 당연히 열리지 않았다. 여러 번의 시도 끝에 이상함을 느낀 만수는 그제야 주위를 둘러보고 이곳이 다 동이 아님을 알아차렸다. 만수는 1층으로 내려오면서 건물

내부의 사진을 몇 장 찍었다. 빌라 밖으로 나와 다 동과 나 동 사이의 풍경도 촬영했다. 그런 다음 무사히 다 동으로 들어갔다.

만수의 방 창문은 길고 좁았다. 전체 모양은 길지도 좁지도 않았지만 길고 좁은 공간만큼만 여닫을 수 있었다. 만수가 이 집에 들어오기 전 그 방은 한동안 비어 있었는데, 당시 나는 옥상으로 나가기 귀찮을 때마다 이 길고 좁은 창문에 얼굴을 들이밀고 담배를 피웠다.

우리가 살던 빌라에는 마땅한 쓰레기장이 없었다. 그것 때문에 쓰레기를 잘 치우지 않았던 건 아니지만 정신을 차려 보면 거실 구석엔 늘 쓰레기 산이 세워져 있었다. 우리는 날을 잡고 분리수거를 해야 했다. 거실 한복판에 쓰레기를 널브러뜨린 후 택배 박스 안을 종류별로 분류했다. 이건 플라스틱, 저건 종이, 이것도 플라스틱. 이건 음식물이 너무 많이 묻었는데 일반 쓰레기봉투에 넣어야 할까? 우리는 항상 양팔 가득 쓰레기를 안고 현관을 나섰다. 1층으로 내려가는 도중에는 언제나 온몸에 힘이 풀렸고 요란한 소리를 내며 쓰레기들을 떨어뜨렸다.

이 빌라에 사는 동안 나는 자주 옥상에 올라갔다. 낮이든 밤이든 시간이 나면 혼자 그곳에서 담배를 피웠다. 애인과 통화를 하거나 노래를 듣기도 했다. 술을 마시고 춤을 춘 적도 있었다.

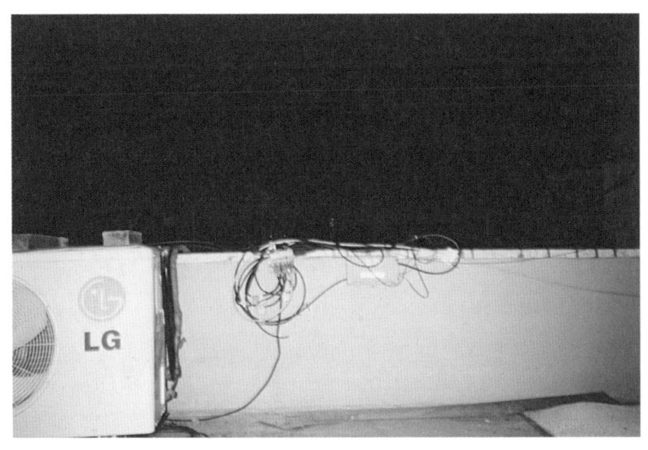

　노을이 분홍색으로 지는 날이면 나와 만수는 돗자리를 들고 옥상에 올라가 낮잠을 잤다. 하루는 만수가 노래를 불렀다. 야간 산행에 관한 노래였다. "모든 게 보이는 야간 산행. 야간 야간 야간 야간, 야간 야간 야간 야간 야간 야간 야간, 야간이야. 아침에 떠오르는 해를 보려면 야간에 등산 올라가. 고수들만 오는 야간 산행. 아 원 투 고." 나는 별로 가고 싶지 않은 산행이라고 말했다. "아 돈 원 투 고." 돗자리는 해가 다 지고 나서야 접었다.

학교에는 은행나무
가 유독 많았다. 가을
학기가 시작될 즈음
나무는 냄새나는 과실
을 길바닥으로 떨어뜨
리기 시작했다. 이 덕
분에 학기 내내 사람
들의 신발과 수업이
한창인 강의실에서 역
겨운 은행 냄새가 났
다. 어느 날 만수는 이
은행들을 주워다 함께
먹어 보자고 내게 제
안했다. 어두컴컴한
저녁, 우리는 사람들

이 아직 밟지 않은 멀쩡한 열매를 골라 집으로 가져왔
다. 껍질을 깐 뒤 안에 들어 있는 씨앗을 프라이팬에 구
웠다. 딱딱한 씨앗 표면 아래의 배젖에서 우리가 아는
그 고소한 은행 맛이 났다.

　얼마 전 나는 사진 예술가 소피 칼이 쓴 에세이『진실된 이야기』를 읽었다. 칼이 아홉 살 때부터 마흔아홉 살이 될 때까지 있었던 일 중 '중요한 기억'을 기록한 것이었다. 열한 살 때 그가 아멜리라는 친구와 백화점에서 물건을 훔친 이야기도 있었고, 열다섯 살 때 한 식당에서 먹은 성기 모양의 디저트에 관한 이야기도 있었다. 결혼을 했다가 이혼한 이야기도 있었다. 하지만 나는 이 이야기들이 책의 제목처럼 진짜라고 생각하지 않는다. 사람은 자기만 보는 일기에도 거짓말을 쓰는데 남에게 보이는 글에 어떻게 진실된 이야기를 쓸 수 있지?

이 빌라를 떠나는 날, 눈이 심하게 내렸다. 만수와 나
는 옥상에 올라가 쌓인 눈을 구경했다.

진실된 이야기 2

2022년이 시작되었을 때 나는 독일 뮌스터에 있었다.

도로에 줄지어 난 나무를 보면 뮌스터 중심가를 둘러싸고 있는 긴 숲길이 기억난다. 칠 년 전쟁이 끝난 뒤 시의회가 방어벽을 허물고 만든 가로수길이었다. 큰 계획 없이 도시에 도착한 첫날, 나는 일단 그 숲길을 따라 계속 걸었다. 길옆에 나 있는 좁은 연못, 자전거를 타는 주민, 이파리가 거의 없는 나무들, 잎사귀가 듬성듬성 난 가지들, 말라비틀어진 낙엽들……. 그런 것들을 보며 걷다 보니 공동묘지에 다다랐다. 그 뒤로도 나는 계속 걸었다.

어떤 건물이든 1층 벽에는 항상 그라피티가 있었다.

대개는 형체도 의미도 알
아볼 수 없었지만, 간혹
'Fuck'이나 'ANTIFA', 동그
라미 안에 대문자 'A'가 그
려진 표식이 눈에 들어왔
다. 뮌스터역 뒤에 있는 동
네에서 본 사람 눈 그림과
그 아래 'I'm watching'이라

고 쓰여 있는 자주색 그라피티도 기억난다. 바닥에 그
려진 노란색 생쥐 그라피티는 뮌스터 대학 근처에서 보
았다.

'아직 도착하지 않은 기차를 기다리다가 역에서 쓴 시들이 이 시집을 이루고 있다. 영원히 역에 서 있을 것 같은 나날이었다. 그러나 언제나 기차는 왔고 나는 역을 떠났다. 다음 역을 향하여.' 허수경의 시집『누구도 기억하지 않는 역에서』에 실린 시인의 말이다. 역사에 있는 아시아 음식점에서 야채볶음면을 먹으며 이 시집을 읽었다. 점원 하나가 '웬 청승이냐'라는 눈빛으로 바라봤다.

뮌스터에서 두 번의 무임승차를 했다. 한 번은 교통
권을 잘못 샀고, 다른 한 번은 일부러 그랬다. 택시는
한 번도 이용하지 않았다.

대성당 앞에는 연말 맞이 주간 시장이 열려 있었다.
치즈를 사려고 점포 앞에 줄을 선 사람들과 붉고 굵은
소시지를 주렁주렁 매단 트럭을 볼 수 있었다. 나는 채

소 가게 앞에서 쭈뼛거렸다. 기상천외한 모양의 토마토와 방울토마토만 한 양배추의 사진을 찍고 싶었다. 하지만 화원 트럭 앞으로 자리를 옮겨 성게 모양과 옥수수 모양의 꽃 사진을 찍었다. 채소 가게 앞에는 숨어서 사진을 찍을 수 있는 인파가 없었다.

뮌스터에서 지내는 동안 나는 6인실 혼성 도미토리에 묵었다. 외출하기 전에는 항상 가방 지퍼에 자물쇠 두어 개를 걸고 그 위로 노끈까지 감아 두었다. 노트북 같은 물건은 개인 금고에 넣어 보관했다. 방을 같이 쓰는 사람들과 스스럼없이 인사했고 가끔은 긴 대화를 나

누었지만, 나는 사실 단 한 번도 경계를 늦춘 적이 없었
다. 방 안을 가득 채운 은은한 땀 냄새나 누군가의 기침
소리보다 잘 알지도 못하는 인간이 내 물건을 허락 없
이 만지는 일을 훨씬 피하고 싶었다.

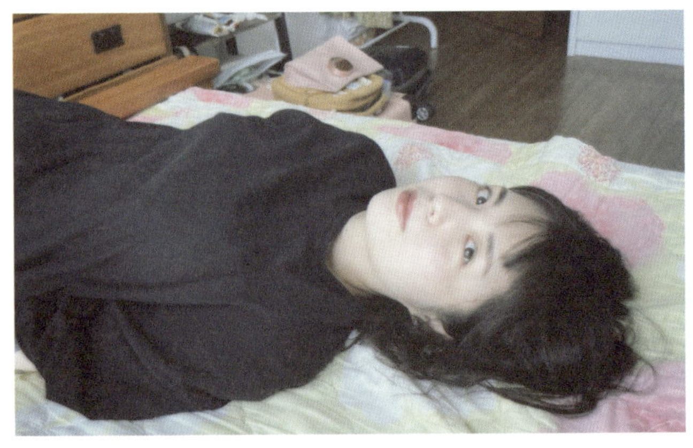

　지난주에 읽은 소피 칼의 작품집『호텔』은 그때의 나
를 떠올리게 했다. 1981년 초, 칼은 베니스의 한 호텔
에 청소부로 일하며 손님이 나간 객실의 풍경과 사람들
의 물건을 사진으로 남겼다. 칼은 흐트러진 침대나 테
이블 위의 물건들뿐만 아니라 투숙객의 가방과 서랍을
뒤지고 그들의 일기장을 훔쳐보았다. 칼은 무엇을 하

고 싶었던 걸까? 손님에 관한 무언가를 알고 싶었나? 그런 식으로 타인의 공간과 내면을 들여다본다 한들 어차피 알 수 있는 건 아무것도 없을 텐데. 나는 칼이 찍은 사진들이 무척 공허해 보였다.

뮌스터를 떠나는 날, 나는 오전 내내 동물원과 아호수 사이를 천천히 걸었다. 한국도 독일도 아닌 이곳처럼 날이 맑았다.

작가의 말

정신과 대기실에 앉아 이 글을 씁니다. 저는 3년 전부터 강박장애와 우울증으로 정신과 진료를 받으며 약물을 복용하고 있는데요, 특히 푸로작을 복용하기 시작한 이후로 일상에 큰 변화가 생겼습니다. 바로 죽고 싶다는 생각이 줄어들었다는 변화입니다. 이 글을 읽는 모두 정신 건강에 유의하시기를 바랍니다.

이 책은 지난 2022년과 2023년, 각각 6개월 동안 메일링 서비스 형식을 통해 연재한 열여덟 편의 글과 2024년에 쓴 한 편의 글을 엮어 만든 것입니다. 이메일을 통해 제 글을 구독해준 독자님들이 아니었다면 꾸준히 글을 써 내지 못했을 것입니다. 이 자리를 빌려 진심으로 감사드립니다. 이 책이 나오기까지 도움을 주신 분들께도 깊은 감사의 마음을 전합니다.

결국은 전부 타자로부터 비롯된 저의 창작이 타자와 더 나은 연결을 위해 쓰이길, 소중한 친구들이 각자의 삶의 굴곡을 잘 헤쳐나가길, 보통의 사람들이 항상 집으로 무사히 돌아올 수 있기를 늘 간절히 바랍니다.

1월 3일 금요일
쓰는 사람 이민혜

님포매니악 씨몽키 연구

초판 1쇄 발행   2025년 3월 10일

지은이   이민혜
펴낸이   최지수
펴낸곳   손차양북스
사진   박민정·이민혜
디자인   위하영

전자우편   chayangbooks@gmail.com
©이민혜, 2025

ISBN 979-11-991537-0-7 03810